講談社文庫

バッド・コップ・スクワッド

木内一裕

講談社

BAD COP SQUAD

BAD COP SQUAD

プロローグ

いきなり銃声が響いた。

外周の警戒に当たっていた真樹香緒里《まきかおり》巡査長は、腰のホルスターからシグP230自動拳銃《オートマチック》を抜き出し、スライドを引いて初弾を装填《そうてん》しながら倉庫の出入り口に走る。

なにが起こったの⁉

シャッターの脇の開いたままの扉の陰に身を潜め、気配を窺《うかが》う。さらに銃声が二発続いた。銃声からはかなりの距離がある。銃を前に向けて倉庫内に飛び込もうとしたとき、眼の前に男が迫っていた。揃えた両手をこちらに突き出す。

撃たれるッ！　反射的に真樹は引き金を引いた。轟音とともに男のTシャツの胸の中心から鮮血が舞い、男はそのまま仰向けに倒れた。

銃を向けたまま倒れた男に近づく。男の銃を探した。だが、そんなものはどこにもなかった。男の両手首には、真樹自身が掛けた手錠が嵌《はま》っていた。

やってしまった……。

真樹は崩れるように地面に両膝《ひざ》をついた。

男の口からも血が溢《あふ》れている。その両眼は、天井の一点を見つめたまま動かない。すでに死んでいるようにしか見えなかった。

「どうしたッ⁉」

係長の小国《おぐに》警部補が駆け寄ってくる。右手にはリボルバーが握られていた。すぐに足を止め、倒れている男を見下ろして絶句する。全てを察したようだ。

手錠を掛けられ、なにも武器を所持していない被疑者を射殺してしまった。男が、両手で保持した銃を向けてきたように見えたのは、手錠が嵌っていることを示そうとしていたのだ、ということに気がついた。

真樹は絶望感に覆《おお》われていた。これで最終面接を残すばかりの巡査部長への昇任も、内定している県警本部捜査一課への異動も、全てが吹き飛ぶ。

厳密に法律を適用すれば業務上過失致死ということになる。おそらく刑事罰に問われることはないだろうが、警察組織内での処罰は避けられない。減給、降格ののちに運転免許試験場に行かされるか、僻地《へきち》の交番勤務を命じられるか。いずれにせよ真樹の夢は潰《つい》えた。

「やっちまったな……」

主任の菊島《きくしま》巡査部長の声がした。

真樹が顔を上げると、菊島はすぐ近くまで来ていた。煙草をくわえて真樹を見下ろして立っている。リボルバーは腰のホルスターに収まっていた。どうやら危険な時間は過ぎ去ったらしい。

菊島は倒れている男の脇に屈《かが》み込むと、右手でその首筋に触れた。

「もう死んでる」

菊島が真樹に眼を向ける。そんなことは言われなくてもわかっていた。

「お前はもうお終《しま》いだ」

それも言われなくてもわかっている。

「いや、彼女は悪くないんだ」

係長が言った。

「あの状況では仕方なかった。出合い頭の事故なんだ。……それに私にも、被疑者の逃走を防げなかった責任がある」

「係長がいくらそう力説したところで、監察官は聞く耳持ちませんよ」

菊島の言葉に係長は黙り込んだ。それも、誰にでもわかっていることだった。

「手錠を掛けた被疑者を射殺すれば、それは処刑と見做《みな》される」

菊島が真樹の眼を見据えて言った。ゆっくりと煙を吐き出す。

「真樹」

「なんです？」

苛立《いらだ》った声が出た。真樹は菊島に怒りを覚えていた。

「お前が望むなら、こんなことはなかったことにしてやってもいいぞ」

菊島はそう言った。

「え？」

それは、悪魔の囁《ささや》きだった。

第1章　混沌

BAD COP SQUAD BAD COP SQUAD BAD COP SQUAD BA

1

その日、埼玉県川口《かわぐち》市東部を管轄する武南《ぶなん》警察署から一台の捜査車輌が走り出たのは早朝五時過ぎ、東京都武蔵野《むさしの》市に居住する被疑者の逮捕に向かうためだった。

黒のアルファードに乗り込んでいる捜査員は五名。

指揮を執る武南署強行犯《きょうこうはん》係の係長小国英臣《ひでおみ》警部補は二列目のシートの右側に座っていた。その左隣にはチームで唯一の女性捜査員である真樹香緒里巡査長。ハンドルを握っているのは橋本繁延《はしもとしげのぶ》巡査長で、助手席には武南署強行犯係に配属されたばかりの新米刑事、新田智樹《にったともき》巡査。三列目のシートで腕を組み、眠っているように見えるのは主任の菊島隆充《たかみつ》巡査部長だ。

全員がポロシャツかTシャツの上に黒の防弾・防刃ベストを着け、腰のホルスターに拳銃を装備していた。被疑者が銃器を所持している可能性が高い、と見られているからだ。

練馬《ねりま》区大泉《おおいずみ》で外環自動車道を降り大泉街道へ向かう。武南警察署から武蔵野市までは、この時間帯なら四〇分程度で着く距離だ。

今回の事件は二週間ほど前に戸塚安行《とつかあんぎょう》駅周辺のラブホテルで発生した強盗傷害事件だった。六十代の男性が、ネットで知り合った女とホテルに入ったが料金で揉《も》めた。すると女からスマホで連絡を受けた三十前後の男が乱入し、男性に法外な金銭を要求した。空手の有段者である男性が抵抗を試みると、男は拳銃を抜き「てめえの脳ミソぶちまけてやろうか！」と言った。

観念した男性に土下座させ、顔面を蹴り上げて眼窩底《がんかてい》骨折の重傷を負わせ、財布の中の紙幣とクレジットカードを奪った男は、女を連れて逃走した。そういう事件だ。

ただちに捜査に着手し、被害男性のネットやＬＩＮＥの履歴から女を特定した。川口市上青木《かみあおき》に住む十九歳の女で、その後の聞き込みにより女には軽度の知的障害があることが判明した。

さらに女の知人女性から「悪い男に騙《だま》されて体を売らされている。カネは全部巻き上げられているらしい」との証言を得た。そして、女の通信記録と行動監視および複数の監視カメラの映像から、一人の男が浮上した。

松永義人《まつながよしと》、二十九歳。無職。元暴走族武相《ぶそう》連合の幹部で、典型的な半グレだった。

別居中の妻への暴行容疑での逮捕歴があった。

内偵の際に撮った松永の写真を被害男性に見せたところ、「この男に間違いない」との供述が得られたため逮捕状が請求された。

「マル被は弱い立場の女性を喰い物にするクソ野郎だが、粗暴かつ武闘派として知られており、逮捕時に激烈な抵抗におよばないともかぎらない」

出発前の刑事《デカ》部屋で、係長の小国は言った。

「また、犯行に使用されたのが真正《しんせい》拳銃なのか模造銃かは判明していないが、万が一にも捜査員が負傷する事態を招かぬよう、くれぐれも留意願いたい」

口ではそう言ってはいるものの、そんな危険な事態にはなるまい、と小国は踏んでいた。この手のアウトロー気取りは、仲間の前や女の前では面子《メンツ》を気にして反抗的な態度を取りがちだが、自分一人のときに警察官に取り囲まれると情けないほどに従順になるものだ。

拳銃にしても、おそらくモデルガンやガスガンなどのトイガンの類《たぐい》だろう。入手が困難であり所持しているだけで犯罪となる真正の拳銃を、発砲する目的もなしに持ち歩くとは考え難《にく》いし、小国の過去の経験でも、脅《おど》しに使われた拳銃は、いずれも本物そっくりなトイガンばかりだったからだ。

だが、それでも、万が一、ということは起こり得《う》る。被疑者の逮捕に当たっては、常に最悪の事態を想定して行動しなければならなかった。

被疑者の松永義人が住む、西東京市《にしとうきょう》との境界に近い武蔵野市八幡《やはた》町のマンションに到着したのはまもなく午前六時になろうとするころだった。

新人の新田が車を降り、マンションの裏手の駐車場に走る。

やがて戻ってきた新田の顔は困惑に満ちていた。

「松永の車がありません」

「あ？」

どういうことだ？　小国も困惑を隠せなかった。

昨夜もここで張り込みをしていた真樹と新田が、午後十一時過ぎに松永が所有する黒の艶《つや》消《け》し塗装のマスタングGTで帰宅したのを確認している。

さらにその後三時間ほど張り込みを続けて、五階の松永の部屋の灯りが消えるのを見届けてから武南署に戻ってきたのだ。

それから僅《わず》か数時間のあいだに、再び外出したとでもいうのか。

「どうします？」

背後から主任の菊島が言った。

歳は小国と同じ四十三。階級は小国のほうが上だが強行犯のデカとしてのキャリアは菊島のほうが長かった。

暗く、無愛想《ぶあいそう》で、人を寄せつけないタイプではあるが、仕事では頼りになる男だ。

「とりあえず、インターホン鳴らしてみます？」

菊島はそう言ったが、本気で言っていないのはあきらかだった。

「これまで、人に車を貸したりしたことはあるのか？」

小国は、誰にともなく問いかけた。

「ありません。誰かを同乗させているところも見たことがありません」

隣の真樹が応えた。

アラサーの女性だが現役アスリートのような精悍な魅力を放っている。いつも冷静沈着な、優秀な捜査員の一人だ。

「内偵に気づかれたんでしょうか？」

新田が不安げな表情を見せた。二十代半ばの、実直な若者、という印象の男だ。

「いや、そうとはかぎらんだろう」

小国は言った。

「近くのコンビニに行っているだけかも知れん。一周りして、また戻ってこよう」

新田が助手席に乗り込むと、橋本が車をスタートさせた。伏見《ふしみ》通りに出て左折し、井《い》ノ頭《かしら》通り方向に向かう。そろそろ交通量が増え始めてきていた。

「我々も、コンビニで熱いコーヒーでもいっときますか？」

運転席から橋本が言った。

三十代半ばの陽気な男だ。外見には拘《こだわ》らないタイプらしく、いつも無精髭が伸び髪には寝癖がついている。長年菊島と相棒《バディ》を組んでいて、菊島のことを、師匠、と崇《あが》めていた。

「ああ、そうするか」

小国は応えた。四月の中旬ともなると日中は暑くなる日が増えてきているが、早朝にはかなりの肌寒さを感じる。

「コンビニで松永を見つけられたら最高なんスけどね」

戯《おど》けた調子で橋本が言った。

「ちょっと停めて！」

いきなり真樹が声を上げた。すかさず橋本が路肩に寄せて車を停める。

「いま通過したガソリンスタンドに、黒の艶消しの車が停まっていました」

「マスタングなのか？」

小国の問いに真樹は、

「わかりません。ですがシルエットは似ています」

「ちょっと見てきます」

新田が車を降り、歩道を後方に駆けていった。そしてすぐに駆け戻ってきた新田の顔は輝いていた。

「間違いありません、マスタングです！　ナンバーも確認しました！」

「よし！」

小国が頷き、真樹に笑顔を向ける。

「さすがだなぁ、よく気づいたもんだ」

「たまたまです」

真樹は素っ気なくそう言った。

「ガソリンを入れてた男は後ろ姿なんで顔は確認できていませんが、たぶん松永だと思います」

新田が言った。

「車内には他に誰も乗っていません」

「着衣は？　すぐに自宅に戻りそうな感じか？」

小国の問いに、新田は微かに首を傾《かし》げた。

「ジャージとか、サンダル履《ば》きってことはありません。デニムに革ジャンで……」

「革ジャン？　コートじゃなくて？」

真樹が言った。

「ええ、ライダースっぽい感じの……」

「松永はいつも、外出の際にはコートを着ていました」

小国に向き直って真樹が言った。

「フードがついてるモッズコートか、スエードのダスターで、ライダースジャケットなんて松永のイメージとは違います」

「なるほど」

そう応えたものの、小国には全くピンとこない話だった。

「出てきた」

三列目のシートから後方を見ていた菊島が言った。腹に響くエンジン音が聞こえてくる。すぐに小国の脇のウインドウを、黒の六代目フォード・マスタングGTが通過していくのが見えた。５Ｌ《リッター》・Ｖ８エンジンを搭載したモンスターだ。

「追尾しろ」

小国は橋本に声をかけた。新田を乗せて車が走り出す。

かなりの距離を空《あ》けてマスタングを追う。井ノ頭通りを越え、三鷹《みたか》方面に向かっていた。通りの名前はいつの間にか新武蔵境《むさしさかい》通りに変わっている。

「あまり遠くに行かれると厄介だな……」

小国は呟《つぶや》きを漏らした。

マスタングはJR中央線の高架を潜《くぐ》り、さらに先へと進んでいった。このまま進めばやがて調布《ちょうふ》市に到る。調布インターから中央自動車道にでも乗られたら、どこまで引き摺り回されるかわからない。

「左にウインカーを出しました」

橋本が言った。

「コンビニに入るみたいですね」

「よし、そこで押さえよう」

小国は言った。

橋本が車を減速させ、ゆっくり前方左手のセブン‐イレブンに近づいていく。

マスタングが入っていったのを見届けて、広い駐車場の入口で橋本が車を止めた。

駐車されている車は二台だけで、マスタングは奥の隅に駐まっていた。すぐに運転席から、革ジャンを着た男が降りてくる。

橋本が車を出し、マスタングの鼻先を塞《ふさ》ぐように斜《なな》めにアルファードを急停止させた。

驚いた顔で、革ジャンの男がこちらを見た。

全く見たことのない男だった。

2

素早くスライドドアを開けて真樹が降りた。助手席の新田があとに続く。

「警察です。ちょっとお話聞かせてもらっていいですか？」

真樹が、大柄な三十前後の革ジャンの男に声をかけた。

「警察？　なんの用だよ？」

男は狼狽《うろた》えながらも不遜《ふそん》な態度を見せている。

小国と橋本、菊島も車を降りて男を取り囲んだ。強行犯チームの全員が防弾ベストの上に尻が隠れるくらいの丈《たけ》の濃紺のウインドブレーカーを着ていた。左胸には白で埼玉県警のシンボルマークが、背中には黄色で大きく〈ＰＯＬＩＣＥ〉、その下にはやや小ぶりな白の〈埼玉県警〉の文字が入っている。

「その車カッコイイですねえ。あなたの車ですか？」

真樹が笑顔で言った。

男は動揺していた。視線が周囲を彷徨《さまよ》っている。

「関係ねえだろ。俺がなんかしたのかよ？」

「ですから、それはあなたの車ですか？」

「借りたんだよ」

「誰に？」

「友だちだよ」

「そのお友だちの名前は？」

「誰だっていいだろ！」

男が声を荒げた。

「いったいなんなんだよ⁉」

「車を借りたのはいつ？」

真樹は平然と続けた。

「昨日」

「何時ごろ？」

「さあ、夕方ぐれえじゃねえかな……」

「あ？」

「あなた、嘘ついてますよね？」

「あ⁉」

「ちょっと免許証拝見できますか？」

「なんでだよッ⁉」

「ご協力願えませんか？」

「だからどういうことなのか、ちゃんと説明しろっつってんだよ！　じゃねえと俺はもうなんもしゃべらねえからなァ！」

男が咆《ほ》えた。

「シゲ」

菊島が橋本に顎《あご》をしゃくった。橋本はニヤッと笑うと男に近づいていく。

「まぁまぁそう興奮しないで、ちょっと落ち着いてくださいよ」

体が触れそうなほどまで接近した橋本は、顔は男に向けたまままいきなり男の股間を摑んだ。

「うっ⁉」

驚きと痛みで反射的に腰を引いた男の頭が、橋本の肩にぶつかる。

「痛《いて》っ！」

橋本は大袈裟に地面に転がって見せた。すかさず菊島が男の襟首を摑み、足払いをかける。男はいとも簡単に地面に倒れた。

「公務執行妨害」

菊島は膝で男の背中を押さえつけ右腕を摑む。

「真樹、手錠《ワッパ》」

真樹は素早く地面に膝《ひざ》をつき、腰のケースから出した手錠を男の右手首にかけた。

「ふざけんな！　なんだってんだよぉ！」

喚《わめ》く男を菊島が仰向けにすると、その左手首にも手錠がかかる。

「六時十七分、現逮《げんたい》」

真樹が腕時計を見て言った。

「おら、起《た》て」

橋本が男を引き摺り起こして、開いたままのスライドドアから男を捜査車輌に放り込む。続いて菊島が乗り込んだ。あっという間の出来事だった。他に駐車場に人影はなく、誰かに目撃された気配はなかった。

小国は反対側のスライドドアから乗って三列目のシートに座った。そのあとに真樹が、手錠をかけられた男を菊島と挟《はさ》んで座る。

新田が乗り込むと橋本がバックで切り返してマスタングの隣のスペースに車を駐め直した。

「お前は公務執行妨害の容疑で現行犯逮捕された。身体検索を行う」

菊島はそう告げてボディチェックを始めた。出てきた煙草、ライター、鍵束、二つ折りタイプの携帯電話、マスタングのものと思しきスマートキー、財布などを真樹に放る。尻のポケットから折り畳み式のナイフも出てきた。菊島は刃を開き、ブレードの匂いを嗅《か》いだ。

「運転免許証は？」

財布をチェックした真樹が男に訊ねる。

「あれ？　忘れてきたかな……」

男が薄笑いを浮かべた。その鼻を菊島が摘《つま》む。男の笑みが消えた。頭を振って引き剝《は》がそうとするが、菊島の力は強かった。男の顔が恐怖に歪《ゆが》んだ。

「お前は、何者だ？」

冷たい眼で菊島が言った。

「正直にしゃべらないと、後悔することになるぞ」

「弁護士を呼べ！」

菊島が鼻から手を離すと男が言った。鼻が赤くなっていた。

「不当逮捕だ。弁護士が来るまで俺ぁなんにもしゃべらねえぞ」

「このナイフは刃渡りが八センチ以上ある。立派な銃刀法違反だ」

菊島が言った。

「お前には、車輌窃盗の容疑もかかっている」

「…………」

「だが俺たちはお前になんぞなんの興味もないんだ。俺たちが興味があるのは、あのマスタングの持主だけだ」

「え？」

「お前が協力するなら、すぐに解放してやるぞ」

「フン、デカの言うことなんざ信用できねえな」

男は菊島から顔を背《そむ》けた。

「じゃあいいことを教えてやろう」

菊島が微かな笑みを見せた。

「俺たちは、埼玉県警だ」

その言葉に男が振り向く。

「あ？」

「銃刀法違反も車輌窃盗も、東京都で発生した事案であり、警視庁の管轄だ。俺たち埼玉県警には関係ない」

「……………」

「お前がいい奴なら、そんなものは見なかったことにしてやる」

「……………」

「だが、お前が気に喰わねえ野郎だったら、お前は凶器を所持して埼玉県警の捜査員を襲った容疑でキツい取り調べを受けることになる」

「……………」

「お互い、面倒なことは抱え込まないようにしたいもんだよな？」

「……………」

やがて男は、観念したように深いため息をついた。

「……で、俺はなにをすりゃいいんだい？」

「あのマスタングの持主は？」

「知ってんだろ？」

「お前の口から聞きたい」

「……松永」

「松永、なんだ？」

「義人」

「盗んだのか？」

「いや、預かってくれ、って頼まれた」

「付き合いは長いのか？」

「高校は別だが、そのころからだ」

「預ける理由は？」

「そろそろパクられそうだから、身柄《ガラ》を躱《かわ》すって言ってた」

「なんの容疑で？」

「いや、知らねえ」

「…………」

「車は放置すると傷《いた》むから、乗っててくれ、って……」

「どこに行くと言ってた？」

「ああ、なんか、関西の知り合いを頼る、とか……」

「係長」

菊島が小国に顔を向けた。

「このクソ野郎はデタラメばかり吐《ぬ》かしてる。……ちょいとシメていいですか？」

「嘘じゃねえ！」

男が叫んだ。その顔には怯《おび》えが滲《にじ》んでいた。

「いや、それはよくない。適法に捜査を進めたい」

小国は言った。

「こいつを橋本と二人で、ちょっと散歩に出すだけですよ」

菊島が言った。

「係長はなにも知らなかった、でいいじゃないですか」

「ダメだ。こいつは署に連れて帰って指紋を取る」

小国は言った。

「どうせ、叩けば埃《ほこり》が出る輩《やから》だ。なんらかの前歴《マエ》が出るはずだ。まずはこいつの身元を割って、取り調べはそれからだ」

「松永に逃げられますよ」

「まずは松永がマンションにいるのかいないのか確かめに行く。いれば逮捕して一件落着だ。いなかったときには、この男に活躍してもらおう」

「だったら――」

運転席から橋本が言った。

「マスタングもマンションの駐車場に戻しといたほうがよくないですか？」

「所有者の承諾なしに車輛を移動させるのは違法よ」

真樹が言った。

「誰が問題にする？」

菊島が言った。

「松永が訴えるとでも？」

「いえ……」

真樹はそれ以上は言わなかった。

「ここに置いたままってわけにもいかんでしょう」

菊島は小国に顔を向けた。

「それともここで、車内を捜索しますか？」

逮捕状とともに、被疑者の自宅マンションとマスタングの捜索差押許可状は取ってあった。

「いや、捜索は松永本人の立ち会いのもとで行う」

小国は言った。

「あとで、証拠を捏造《ねつぞう》した、などと言われたくはない」

「俺みたいに？」

菊島が、小国の眼を見据えて言った。

3

菊島は、少し前に扱った事件の際に、証拠の収集に違法性がある、との疑いをかけられ、近く県警本部監察官室に出頭する予定になっている。

「ああ、菊さんみたいに、変な言いがかりをつけられたんじゃ敵《かな》わんからね」

小国が菊島に同情の笑みを向けた。

「じゃあマスタングは？」

真樹の問いに、小国は苦い表情を浮かべ、

「まぁ、証拠の保全のためには已《や》むを得んか……」

このままコンビニの駐車場に放置しておけば、それこそ車輌の盗難や車上荒らし等の被害が発生しないともかぎらない。そうなった場合、車内の証拠は汚染されたことになる。

そうでなくても、いずれはコンビニ側が放置車輌として通報する。警視庁の警察官が臨場して所有者の松永を捜すことになり、車輌窃盗などの事件性があると判断されれば、コンビニの監視カメラの映像から埼玉県警の捜査員の関与があきらかになる。望ましい展開ではなかった。

「よし、移動させよう」

マスタングが松永のマンションの駐車場に駐まっているかぎり、なにか問題が発生するような懸念《けねん》はないはずだ。

「シゲ、マスタングを転がせ」

菊島は言った。

「手袋しとけよ」

「わかってますよ」

笑顔で応えた橋本は、真樹からスマートキーを受け取るとマスタングに向かった。

「新人、運転を代われ」

菊島の指示に新田が笑顔で頷く。

「了解です」

助手席を降りると、前を廻って運転席に乗り込んだ。

「俺はどうなるんだよ？」

革ジャンの男が口を開いた。

「松永がマンションにいれば、もうお前はどうでもいい」

菊島は言った。

「だがいなかった場合、お前は面倒な立場になる」

「いねえよ！」

男が言った。

「俺が行ったときには、もうズラかってたんだ！」

「部屋に入ったのか？」

「ああ、合鍵を預かってた。車のキーは玄関に置いとくから、って……」

「いまも合鍵を持ってるんだな？」

「ああ、さっきのキーホルダーについてるよ」

「じゃあインターホンは鳴らさずに、いきなり部屋に踏み込めるな……」

「それは違法です」

真樹が言った。

「逮捕の手順は厳正に行う」

小国が言った。

「だからいねえんだ、って！　ちったあ俺の言うことを信じろよ！」

男が声を上げた。

「ほう」

菊島が男の眼を覗き込む。

「まさか、殺しちまったんじゃねえだろうな？」

男の顔から血の気が引いたように見えた。

「やってねえ！」

男が大声を出した。

「さあ、どうかな……」

菊島の口元が笑いに歪む。

「お前の仲間が何人かで松永を拉致《らち》した。お前は松永が逃亡したように見せるためにマスタングを処分する役目だった」

「違う」

「いまごろ松永は、冷蔵庫に押し込められてガムテープでグルグル巻きにされて、奥多摩《おくたま》の谷底に投げ込まれてる、なんてな……」

「違う」

「武相連合ってのは、そういうのが得意らしいじゃねえか」

「知らねえ」

「とにかく出発しよう」

小国が割って入った。

「まずは松永の在宅を確認するのが先決だ」

新田が頷いて車を出す。続いてマスタングが動き出した。

松永のマンションに戻るには、対向車線側に出なければならない。だがコンビニの駐車場の出口は信号待ちの列で塞がれていた。新田は右にウインカーを出して歩道に頭を出した。

「あれ？　その車、ボディに穴が空いてますよ」

新田が言った。

「なんか、銃の弾痕《だんこん》みたいな……」

「え？」

真樹が助手席のヘッドレストの脇から身を乗り出す。

「どこ？」

「そこ。後輪のフェンダーの上」

新田が指差したとき、車列が動き出した。

「あ！」

新田が声を上げ、ウインカーを左に出し直して白のハイエースの後ろに割り込む。

「リアゲートから血が流れてます！」

「かなりの量です！」

小国を振り返って真樹が言った。

「放っとけ。いずれ他のドライバーが通報するだろ」

菊島は言った。

「事件かも知れないんですよ!?」

真樹が菊島に鋭い眼を向ける。新田はハイエースを追ってスピードを上げた。

「俺たちの管轄じゃない」

菊島は無関心にそう言った。

「怪我人が乗ってるのかも知れません！」

小国に向かって真樹が言った。

「拉致されているのかも……」

「まぁ見過ごしにはできんな。その車を止めよう」

小国がそう言って、スマートフォンを取り出す。

「不審車輛を追跡する。白のハイエースだ」

マスタングの橋本に言った。

「二台で挟んで止めたい。前に出れるか？」

「ハハッ、なんか面白くなってきたじゃねえかよ」

革ジャンの男が言った。背後からマスタングのエンジン音が轟《とどろ》き、強引に捜査車輛を追い抜いて行く。

「リアゲートのガラスはスモークなんで、何人乗ってるのかは確認できません」

新田が言った。

ハイエースにマスタングが並走《へいそう》し、そのあとを捜査車輛が追う状態のまま東八《とうはち》道路を越え、調布市に入った。格段に交通量が減ってくる。マスタングがハイエースの前に滑り込んだ。

「次に信号で停まったタイミングでいくぞ」

小国がスマホに向かって言った。

「左にウインカーを出しました」

新田が声を上げる。

「そこの敷地に入るようです」

「橋本、そのまま進んで裏手に廻り込め！」

そう言うと、小国は電話を切った。

ハイエースが入っていった場所は広い駐車場になっていて、その奥には錆《さび》だらけの朽《く》ちたような鋼板《こうはん》外壁の大きな建物があった。

廃業して放置された倉庫のように見えるが、出入り口のゲートも建物のシャッターも、開いたままになっているのが不自然だ。菊島はそう思った。

ハイエースがシャッターを潜《くぐ》って倉庫内に消えたのを見届けてから、新田はゲートを通過したところで車を止めた。小国を振り返って指示を待つ。

「俺と菊さんはこのまま倉庫内に入る」

小国が言った。

「真樹と新田は徒歩での逃走に備えて二手に分かれて建物の外周を張ってくれ」

頷いた真樹と新田が車を降りる。続いて降りた小国が運転席に乗り込み車を出した。真樹が右に、新田が左に、それぞれ建物の側面を目指して駆けていく。

倉庫の中はガランとしていて、だだっ広い。奥まった場所にハイエースが駐まっていて、その脇にシルバーのセダンが一台駐まっている。

セダンの車内に人影は見えない。ハイエースの何者かはここで車を乗り替えるために事前に準備しておいたらしい。

「用心したほうがよさそうだ」

菊島は言った。

「ああ」

小国はそれだけ言うと、ハイエースから十メートルほどの場所に車を止めた。

ハイエースから人が降りた気配はない。想定外の追跡車の出現に息を潜めているのだろうか。

「ちょいと声をかけてみよう」

小国が運転席から降りようとしたとき、

「俺が行きますよ」

菊島が言った。スライドドアを開けて、モルタルで固められた地面に降り立つ。

「係長は、こいつを見張ってて下さい」

顎で手錠をかけられた革ジャン男を示した。そのままハイエースに向かって歩く。

ハイエースの車内には運転席以外に人の姿は見えなかった。近づいていくと運転席に座っているのは三十代後半に見える優男《やさおとこ》だった。

男が無表情に菊島に眼を向ける。

菊島は警察バッジを掲げ、運転席の窓に顔を寄せた。

「ちょっと降りてもらえます?」

途端に男が拳銃を持ち上げるのが見えた。

4

菊島が横に飛ぶのと同時に銃声が轟き、ウインドウのガラスが吹き飛んだ。

ハイエースが走り出す。菊島は腰のホルスターからスミス&ウエッソンM360Jリボルバーを抜き出して走った。

ハイエースは倉庫裏手のシャッター開口部に向かっていた。そこに橋本が現れた。ハイエースに向けて二発発砲する。大きくハンドルを切ったハイエースは建物を支える鉄骨に激突しそうになって、寸前で急停止した。慌てて橋本に銃を向ける運転席の男の後頭部に、菊島がリボルバーの銃口を押し当てた。

「銃を捨てろ。射殺するぞ」

菊島の声に一瞬の躊躇《ためら》いを見せたが、すぐに男は銃を投げ捨てて両手を挙げた。

リボルバーを向けたままで橋本が駆け寄ってくる。

そのとき背後で銃声が響いた。

菊島が振り返ると、革ジャンの男が仰向けに倒れるのが見えた。その先には両手で銃を構えた真樹の姿があった。

フン、と鼻を鳴らした菊島は運転席のドアを開けて、男の襟首を摑んで地面に放り出す。俯《うつぶ》せにしたグレーの作業服らしき上下を着た男の背中を膝で押さえつけ、

「死にたくなければ大人しくしろ」

首筋に銃口を喰い込ませる。

「わかってる」

男は静かにそう応えた。ホルスターにリボルバーを収めた橋本が男の両腕を背中側に廻して手錠をかける。

「六時三十二分、殺人未遂容疑で現行犯逮捕」

菊島は、腕時計を見てそう言った。

リボルバーを仕舞うと、ポケットから出した煙草をくわえて火をつけた。男を橋本に任せ、倒れたまま動かない革ジャンの男のほうに歩き出す。その男はすでに死んでいるようにしか見えなかった。

傍《かたわ》らに真樹が膝をついて項垂《うなだ》れている。小国はリボルバーを握り締めたまま無言で立ち尽くしていた。

おそらく、銃声に反応した小国がリボルバーを抜いて車を降りた隙《すき》に逃走を図《はか》ったのだろう。だが、建物を出る寸前に駆けつけた真樹と鉢合《はちあ》わせして撃たれた、ということらしい。

「やっちまったな……」

菊島の声に真樹が顔を上げた。感情のない眼で菊島を見上げる。菊島は倒れている男の脇に屈《かが》み込むと右手でその首筋に触れた。

「もう死んでる」

菊島は真樹に眼を向けた。

「お前はもうお終《しま》いだ」

真樹の眼には、絶望が顕《あらわ》れていた。

「いや、彼女は悪くないんだ」

小国が言った。

「あの状況では仕方なかった。出合い頭の事故なんだ。……それに私にも、被疑者の逃走を防げなかった責任がある」

「係長がいくらそう力説したところで、監察官は聞く耳持ちませんよ」

「……………」

「手錠を掛けた被疑者を射殺すれば、それは処刑と見做《みな》される」

菊島は真樹の眼を見据えて言った。

「真樹」

「なんです？」

尖《とが》った声が返ってきた。怒りを込めた眼で菊島を見ていた。

「お前が望むなら、こんなことはなかったことにしてやってもいいぞ」

菊島はそう言った。

「え？」

真樹が息を飲む。

「どうだ？　お前はそれを望むのか？」

菊島の問いに、真樹は返事をしなかった。呆然と宙の一点を見つめている。

「どういうことだ？」

小国が言った。

「なかったことにするって、そんな……」

「係長、あんたは真樹の将来を潰《つぶ》したいのか？」

菊島は言った。

「あんたがさっき言った、彼女は悪くない、ってのは、ありゃ嘘か？」

「いや……」

小国は動揺していた。

「も、もちろん真樹を救いたいと思ってる。だが現実に人が一人死んでるんだ。それをなかったことにするというのは……」

「あんた、他人事《ひとごと》だと思ってやしねえか？」

「あ？」

「真樹がこいつを撃つハメになったのは誰のせいなんだ？　あんたが、ハイエースを追え、と部下に命じたからだ。違うか？」

「…………」

「ボディに弾痕があって荷台から血が流れてる車を追って停車させるということは、ある程度のリスクは予見できたはずだ。しかも管轄外だ。だから俺は反対した」

「いや……」

「案《あん》の定《じょう》銃撃戦になった。しかもあんたは、捜査車輛から被疑者を逃走させるというミスを犯した。それさえなければ真樹が人を殺すことにはなっていない」

「…………」

「真樹の発砲は不可抗力だった。運悪く被疑者が死亡した。ミスを犯したのはあんただけだ」

小国の右手のリボルバーが震えていた。

「もちろん真樹が、法を遵守し正義を貫きたい、と言うのなら止めはしない」

真樹は黙って菊島を見ていた。

「だが、それよりも優先すべきものが真樹にあるなら、救ってやってもいい」

「しかし……」

小国は途方に暮れていた。なにか言おうとするのだが、言葉が出てこないようだ。

「あんた、カミさんの父親は県警本部の幹部だったたな？」

菊島は言った。

「だから、自分だけはなんとかなる、なんて甘いことを考えてんじゃねえのか？」

「そんな……」

小国は大きく頭《かぶり》を振った。菊島は鼻で笑い、

「それどころか、義父《おやじ》さんの立場までマズいことになるぞ」

「……」

小国の顔面は蒼白になっていた。

「いやー、やらかしちゃったねえ」

橋本の声がした。死体の脇に屈み込むと頭を左右に振り、

「大問題だな、こりゃ……」

「あの男は？」

菊島は訊ねた。

「あのカムリのキーを持ってたんで、トランクに押し込めてあります」

シルバーのセダンを指差して橋本が言った。手にしていた運転免許証を差し出す。

受け取って見てみると、その澤田《さわだ》弘幸《ひろゆき》名義の免許証には先ほど逮捕した優男の顔写真があった。免許証をポケットに入れ、真樹に眼を向ける。

「お前を救う一番簡単な方法は、この死体に銃を握らせておくことだ」

菊島は言った。

「こいつは係長から銃を奪って逃走を図った。駆けつけた真樹に銃を向けた。だから撃たれた」

「…………」

「だがそうなると係長は、被疑者に銃を奪われる、という失態までも背負《しょ》い込むことになる」

真樹が小国を見た。小国の顔には怯えが貼りついていた。

「だから、なかったことにするしかないんだ」

「でも、どうやって……」

真樹が言った。

「そうだな……」

菊島は橋本に眼を向け、

「シゲ、ハイエースの荷台は確認したか？」

「いえ、まだ……」

「見てきてくれ」

「了解です」

橋本は起ち上がり、ハイエースに向かった。

「一つの方法は、この死体を消してマスタングを松永のマンションに戻しておく」

菊島は真樹に顔を戻した。

「俺たちはこんな野郎を見たこともない。単に不審車輛を追ってここに来ただけだ」

小国の顔が歪んだ。

「それは、犯罪だ」

「そうだよ。あんたらが救われる道は、犯罪しかないんだ」

菊島は言った。

「まだわかってなかったのか？」

「…………」

小国が荒い息を吐き出す。

「もう一つの方法は、他人のせいにすることだ」

真樹が眼を大きく見開いた。

「ちょうどお誂《あつら》え向きの奴があそこにいる」

菊島はシルバーのカムリを指差す。

「主任！」

橋本の声が飛んできた。リアゲートを開いたハイエースの後ろに立っている。

「ちょっと、見て下さい」

橋本には珍しく、声に緊迫感が漂っていた。菊島は小走りにハイエースに向かう。

荷台にはブルーシートがかけられていた。菊島が辿《たど》り着くと橋本がブルーシートを捲《めく》る。そこには血まみれの男が蹲《うずくま》っていた。

歳は三十代の半ばくらいか。その顔は、生きている人間の色ではなかった。すでに逮捕した男と同じ、グレーの作業服の上下を着ている。

「見てほしいのはこっちです」

橋本が、死体の脇のモスグリーンのキャンバス地のダッフルバッグを指差す。

かなり大ぶりなサイズの同じバッグが二つ並んでいた。ジッパーが開いている手前のバッグを拡げて見せる。

「！」

菊島は息を飲んだ。

バッグの中には、帯封のついた万札の束がぎっしりと詰め込まれていた。

5

橋本がもう一つのバッグも拡げて見せる。中身はやはり、パンパンに詰め込まれた札束だ。

「両方で、いったい何億あるんスかね？」

菊島は、札束から眼が離せなかった。

「これは……」

その声に振り向くと、すぐ後ろに小国が立っていた。真樹もその横で荷台を見つめている。

「これだけのカネがあれば……」

菊島は言った。

「みんなで分けても、かなりの額になるな」

「ヒャハハハハ……」

橋本が笑い声を上げる。

「よせ！」

小国が厳しい声を出した。

「冗談でも、そういうことを言うんじゃない！」

「冗談？」

菊島が向き直って小国の顔を覗き込む。

「俺は冗談なんか言ってない」

「な……⁉」

「ここで起きたことをなかったことにするなら、このカネもなかったことになる」

「！」

小国が凍りついたように見えた。菊島は橋本に眼を向け、

「シゲ、表にいる新人を摑まえて、しばらく戻って来ねえように足止めしとけ」

新田がいるであろう建物左手を指差す。

「いや、いっそのことあいつにマスタングを戻しに行かせろ」

「了解です！」

弾んだ声で橋本が駆け出した。

「逮捕した男はどうするの？」

真樹が言った。カムリのトランクに眼を向ける。

「その男がいる以上、なかったことになんてできない」

「手錠を外して逃がしてやればいい」

薄笑いを浮かべて菊島は言った。

「逃がす⁉」

小国が声を上げる。

「いきなり警察官に発砲した男だぞ！　しかも、この死体にもこのカネにも関わってる。そんな奴を見逃すというのか⁉」

「じゃあ、どうする？　全てを公《おおやけ》にするのか？」

菊島は小国に言った。

「あんたがそれを望むなら、俺はそれでも構わん」

「………」

小国は、菊島の視線から逃れるように眼を逸《そ》らした。

「このカネは、おそらく強奪されたものよ。いずれ事件が発覚する」

真樹が言った。

「ここで逃がしてやっても、そのうちどこかで捕まって全てを自供する。このカネのこともね」

「殺しといたほうが安心か？」

菊島は言った。

「なにを言ってるんだ！　無茶苦茶じゃないか！」

小国が大声を出した。

「カネを分ける？　被疑者を殺す？　なんの相談をしてるんだ？　お前たちは警察官だぞ！」

「だったら係長が決めて下さい」

真樹が言った。小国が息を飲む。

「わたしは係長の判断に従います」

「…………」

小国は真樹の眼に射竦《いすく》められたかのように沈黙していた。

「毒を食らわば皿まで、だ」

菊島は言った。

「自分にとっての、不都合な真実、を隠すなら、ついでにカネももらっておけ」

「そんなおカネはいらない」

そう言った真樹に、菊島は笑みを向ける。

「おそらく、一人頭一億にはなるぞ」

「いらない。わたしはそこまで墜《お》ちたくはない」

「あんたは？」

菊島は小国に訊ねた。

「当たり前だ！　そんなカネなんぞクソ喰らえだ！」

小国が吐き棄《す》てる。

「よし、それならご高潔《こうけつ》なお二人を救う提案をしてやろうか」

菊島は言った。真樹と小国が怪訝《けげん》な眼を向けてくる。

「このカネは、俺と橋本とトランクの野郎の三人で分ける」

なにか言おうとする小国を掌《て》で制し、

「その代わりに係長、あんたと俺の立場を交換してやる」

「え⁉」

真樹と小国が同時に声を出した。

「あの死体には俺の銃を握らせとく。ハイエースを追えと命じたのも、橋本と真樹と新人を配置につかせたのも、俺が独断でやったことだ。係長の制止を無視してな」

「…………」

小国がゴクリと唾を飲む。

「そして、係長がハイエースに向かっているあいだに俺は銃を奪われ、被疑者に逃げられた。真樹は銃を向けられ、我が身を護るために已《や》むなく発砲した」

「…………」

真樹は信じられない物を見る眼で菊島を見ていた。

「だから俺は責任を取って辞表を出す。……これでどうだ？」

小国も真樹も応えなかった。だが、心を動かされているのは眼を見ればわかる。

「あんたらは罰を受けずに済み、俺は大金を手に入れる。橋本はたんまり口止め料を手にする」

自分が半分を取り、残りを橋本とトランクの男で分ける。菊島はそう考えていた。

「トランクの野郎は、長い懲役を覚悟してたところで降って湧いたように自由が手に入る。一億ばかしくれてやれば、涙を流して感謝するだろうよ」

カネを渡さずに放り出せば、その後つまらない犯罪でパクられる虞《おそ》れがある。だが一億ものカネを持っていれば当分は大人しく潜んでいるはずだ。

「まぁ新人は、なにも知らずに俺たちの話を鵜呑《うの》みにするだけだ」

新田は、ハイエースを追う決定を下したのも橋本と真樹、新田を配置につかせたのも小国だということは知っているが、その先は知らない。失態を犯した菊島が、全ての責を被《かぶ》ることにしたのだと納得するだろう。

「……どうだ？ 誰もが幸せになる、いい話だと思わないか？」

「現金強奪が事件化したら？」

真樹が言った。

「警視庁が、必死でカネの行方を追うわ」

「事件にはならない」

菊島は言った。

「いまどきどこにこれだけの現金がある？ あるとしたら、悪党の隠しガネだけだ」

「………」

真樹にも、その意味は理解できたようだ。

「表に出せない、非合法の稼ぎが貯め込んであった。そこを襲撃された。奪われても警察に届けられないカネに決まってる」

菊島には確信があった。

「トランクの中の、澤田、という男は仲間と二人で悪党の隠しガネの強奪を企《くわだ》てた。カネを奪うことには成功したが仲間が撃たれた。澤田は瀕死《ひんし》の仲間を車に乗せて逃走した。だが仲間はすぐには死ななかった。血が流れ続けた。それを我々が発見した。……そういうことだ」

「でも、ハイエースの死体は残るのよ。殺人事件の捜査が始まる」

真樹が食い下がる。

「逃げた男が捕まったら？　カネを渡して逃がしたことを供述されたら？」

「まだ起きてもいないことに怯えるな」

菊島は言った。

「あしたのことは、あした心配すればいい」

「でも……」

「そんなに心配なら、お前がそいつを殺せ」

菊島はカムリのトランクに顎を振り、

「それなら俺は、一億の節約になる」

「…………」

真樹は力なく首を左右に振った。

「あんたはどうだ？」

菊島は小国に眼を向ける。

「肚《はら》は決まったか？」

「あー、その、……私と真樹は、カネの存在を、知らなかった、ということにはできないかな？」

小国が言った。

「ほう」

菊島の喉《のど》の奥から笑いがこみ上げてくる。

「私に向けて発砲した犯人は、真樹が革ジャンの男を撃ったことに我々が気を取られている隙に、カムリに飛び乗って逃走した。現金を見つけた橋本は、我々が右往左往しているあいだに密《ひそ》かにマスタングにカネを移した。そして、あとで菊さんにだけ、そのことを打ち明けた」

小国が言った。

「なるほど……」

菊島は笑顔で頷き、カムリのトランクに顎を向ける。

「もしもそいつがどこかで捕まっても……」

小国と真樹に顔を戻し、

「あんたら二人は安全、ってわけだ」

「ど、どうかな？」

阿《おもね》るように小国が訊ねた。

「あんたがそれで安心できるならそれでいい」

菊島は言った。真樹の顔を覗き込み、

「そういうことで決まりだな？」

「…………」

真樹は否定も肯定もしなかった。ただ真っ直ぐに菊島を見ていた。

6

「じゃあこいつを……」

菊島は腰のホルスターからリボルバーを抜いた。

「革ジャンの右手に握らせてこい」

グリップのほうを小国に突き出す。

「私が？」

小国が怯えの表情を見せる。

「それぐらいはやってもらわねえと、俺はあんたを信用できなくなる」

菊島は、小国の眼を見据えて言った。

「…………」

小国は息を詰めてリボルバーを見つめていた。やがて小さく頷き、

「わかった」

菊島のリボルバーを受け取ると、黙って革ジャンの死体のほうに歩いていった。

「なぜなんです?」

真樹が言った。

「ん?」

「主任は、なぜわたしを救うなんて言い出したんですか?」

「……………」

「わたしのこと、嫌ってたはずなのに……」

「それは、お互い様だろ?」

菊島は、真樹に嫌悪の眼を向けた。

「じゃあ、なぜ?」

真樹が言った。

「あのカネを見つける前だから、カネが目的ってわけでもない。なぜなんです?」

「……………」

「そのままにしとけばわたしは主任の前から消えていなくなる。なぜ、そうしないんですか?」

「俺が、監察官の査問を受けるハメになったのは……」

「誰かが密告したからだ。俺の近くにいる誰かがな」

「…………」

「俺は、小国かお前か、どちらかだと睨《にら》んでる」

菊島は、真樹の眼をジッと見ていた。真樹は真っ直ぐに菊島を見返した。

「その二人を、俺の支配下に置けるチャンスだと思った」

「…………」

「俺は別に馘首《クビ》になったって構わない。こんな仕事に未練はないんだ。だがな、タレ込んだ野郎にやられたまま、ってのは、我慢がならないんでな」

「それが、もし──」

そのとき遠くから靴音が聞こえてきた。

「主任！」

橋本が駆け寄ってくる。

「新田がどこにもいません！」

「あ？」

菊島には意味がわからなかった。

「この周囲を全部見て廻ったんですが、どこにもいないんスよ」

菊島の前で足を止めた橋本が言った。

「銃声にビビって逃げちまったんじゃないスかね？」

「まぁいい、放っとけ。あいつを見つけるのは、こっちの状況が整ってからでいい」

菊島はハイエースの荷台のバッグを指差し、橋本に言った。

「そこから一億出して、カムリに移せ」

「えっ？」

橋本が訝《いぶか》しげな顔で、

「あの野郎に、そんなにくれてやるんですか？」

「ああ、残りを俺とお前で分ける」

「ハハッ、係長とは話がついたんスね？」

橋本が笑顔で顎の無精髭を擦《こす》った。

「だったらもう、警察なんぞ辞めちまおうかな……」

そのとき、菊島のポケットの中でスマホが鳴り出した。取り出してみると画面には〈新田〉と表示されていた。なんで係長じゃなく、俺にかけてくるんだ？　そう思いながら電話に出る。

「新人、いまどこだ？」

「菊島くんか？」

聞いたことのない、中年男の声だった。

「埼玉県警が、管轄外でなにをやってるんだ？」

「あ？」

なんだこいつは？　どういうことだ？

「ハイエースのドライバーは逮捕したのか？」

中年の声が言った。

「お前は誰だ？　新田を出せ」

菊島の心拍数が上がってくる。

「私が誰かはともかく、お仲間の、初々《ういうい》しい刑事さんはこちらで預かっている」

電話の向こうの男はそう言った。

「返してほしいか？」

男の声は、なぜか楽しげに聞こえた。

「どういうことだ？」

菊島は、自分の息が荒くなっているのに気づいた。

「ハイエースのカネと、ドライバーを引き渡してもらいたい」

男が言った。

「それができなければ新田くんは死ぬ」

「！」

やはり、そういうことか。

「どこにも連絡するな。その場にいるキミらだけで判断して、決断しろ。一時間以内に終わらせたい。それ以降は、新田くんの命は保証できない」

「新田を電話に出せ。話はそれからだ」

菊島は言った。

「いいだろう」

男がそう言うと、しばしの間があいた。やがて、聞き馴染《なじ》みのある声が聞こえた。

「新田です！」

「どういう状況だ？」

「倉庫の脇で警戒していると、駐車場に一台のＳＵＶが入ってきたので排除しようと近づくと、降りてきた二人の男に銃を向けられ車内に引き摺り込まれました」

思ったよりも落ち着いているようだ。

「いまは、後部座席に座らせられ、両手をケーブルタイで拘束されて、頭に袋を被せられている状態です。この連中は本気です！」

最後の部分に恐怖が表れていた。

「わかった。電話を替われ」

「……信じてもらえたかな？」

先ほどの、中年男の声だ。

「ああ」

「キミには決定権があるのか？」

「まずは、どこにも連絡しない、という点には同意する。そのうえで、少し検討する時間をくれ」

「残りの時間は長くはないぞ」

「わかってる」

「では菊島くん、キミに一つ言っておくことがある」

「あ？」

「私は新田くんのスマホをチェックしながら、この現場のリーダーは誰だ？　と訊ねた。彼は、小国係長、と答えた」

それが、なんだ？

「私はさらに訊いた。その係長さんは、法を破ってでもキミを救ってくれるタイプの人物か？　とね」

「…………」

「菊島という人に連絡してくれ。……彼はそう言った」

「…………」

「前途ある若者の信頼を裏切るなよ」

電話が切れた。

「新田が、どうかしました？」

菊島がスマホを仕舞うと橋本が言った。真樹は無言で菊島を見つめていた。

「係長！」

菊島は大声で小国を呼んだ。

「ちょっと来てくれ！」

小国が駆け足でやって来る。

「新田が、拉致された」

菊島は三人に向かって言った。

小国は、意味がわからない、という顔をした。橋本と真樹は、やはり、という顔で頷く。菊島は、いま新田がどういう状況にあるかを伝え、

「このカネと澤田を寄越せ。そう言ってきてる」

それを聞いて小国が息を飲んだ。

「一時間以内に渡さないと、新田を殺す、とな……」

「な、なにをグズグズしてるんだ⁉ すぐに署に連絡を——」

小国が叫んだ。

「新田を殺す気か?」

菊島は言った。

「刑事課長に連絡を入れ、そこから本部に連絡が行き、一課の特殊犯捜査が出張ってくる。そのあいだに新田は死んでる」

「しかし……」

小国はそこで言葉を失った。

「相手は相当な奴だ。筋金《すじがね》入りの悪党だ。ただの脅し、なんてことはあり得ない」

菊島は小国の眼を見据えた。

「え?」

「もし新田が死んだら、それはあんたの責任だ。俺はそこまで代わってやるつもりはないぞ」

「…………」

小国が絶望的な表情になった。

「一時間後に新田が生きているかどうかは、俺たちに懸《か》かっている」

菊島は言った。

「新田を救いたければ、俺たちでやるしかない」

第2章 混濁

AD COP SQUAD BAD COP SQUAD BAD COP SQUAD B

1

「やっぱりこいつにゃ他にも仲間がいたんスね」

カムリのトランクに眼を向けて橋本が言った。

「二人でやった仕事にしては、金額がデカ過ぎると思ってたんスよ」

そして一つため息をつき、

「しかしまぁ、逮捕された仲間を救うために刑事《デカ》を攫《さら》うとはね……」

「いいえ、カネを奪われた側よ」

真樹が言った。

「あの札束にはGPSが仕込んであった。それで強奪犯を追跡していた。追いついたときには、そこにわたしたちがいた。カネを取り戻すために刑事を拉致《らち》した」

「だったらカネだけでいいじゃねえか。なんで犯人まで寄越せと言ってくるんだ？」

橋本が言った。

「制裁を加えるためよ」

真樹が言った。

「カネを奪われたことが警察に届けられないのなら、罰を与えるのも自分でやるしかない」

「その場合、引き渡せば澤田は殺される、ってことか？」

「たぶんね」

「ま、構《かま》やしねえか……。とっとと渡して終わらせましょうよ」

橋本が菊島に言った。

「主任だって、新田を見殺しにするほどカネに執着はないでしょう？」

「ああ」

菊島はそう応えた。

「殺されるのがわかってて、警察官が、逮捕した被疑者を、犯罪者に渡すの？」

真樹が言った。

「それじゃ、わたしたちが殺すも同然よ」

「じゃあ、被疑者を護ったせいで仲間が殺されてもいい、ってのか？」

橋本が言った。

「犯罪者だろうと捜査員だろうと、命の重さに変わりはない」

真樹は引かなかった。

「違う！　主任をいきなり殺そうとした野郎と新田を一緒にすんな！」

「推測で話を進めるな」

菊島は言った。

「あんたはどう思うんだ？」

小国に眼を向け、

「いまさら、上の判断を仰《あお》ぐ、なんて御託《ごたく》はやめとけよ」

「も、もちろん、いまは新田を無事に救出することが最優先だ。それは間違いない。ただ……」

小国は言い淀《よど》んだ。

「このカネを渡してしまった場合、先ほどのプランは……」

菊島の顔色を窺《うかが》うように、

「私と真樹の件は、どうなってしまうのかな？」

「もうそんなこと言ってる場合じゃないわ！」

真樹が小国に怒りの眼を向ける。

「いや、私はただ……」

小国は真樹の視線から逃れるように下を向いた。

「主任の考えは？」

橋本が言った。

「新田を殺させはしない」

菊島は言った。

「だが、相手の要求通りに従っていれば、新田は無事に返ってくる、と、お前たちは本気でそう思ってるのか？」

「…………」

三人が沈黙した。

「俺が相手の立場なら、攫ったデカを生かして返しはしない」

菊島の眼は昏《くら》かった。

「カネが手に入ろうと入るまいとに拘《かか》わらずな……」

「じゃあ、どうすればいいんです？」

真樹が言った。

「そんなこと、わかるわけがない」

菊島は言った。

「シゲ、澤田を出せ」

橋本がカムリに向かい、トランクを開ける。後ろ手錠で蹲《うずくま》っている男を引き起こした。

「いいかげんにしろよ、人権侵害だぞ」

澤田が、眩《まぶ》しそうな眼を向けてくる。

「ウチの捜査員が一人、何者かに拉致された」

菊島の言葉にも澤田は無反応だった。

「ハイエースのカネと、お前を渡せと要求してきた」

「…………」

「お前を救おうとしてる仲間なのか？　それともカネを奪われた側が、お前を殺そうとしてるのか、どっちだ？」

澤田が、微かな笑みを浮かべた。

「どっちでもない」

「あ⁉」

橋本が腰のホルスターからリボルバーを抜き出した。

「てめえテキトーなこと吐《ぬ》かしてやがると命ゃあねえぞ」

銃口を澤田の額に向ける。

「おいおい、お前ら本当にデカかよ？」

澤田が呆れたように言った。

「俺を殺しちまったら、仲間のデカは返ってこねえぞ」

薄笑いを浮かべた口元から白い歯がこぼれた。役者だ、と言われてても信じてしまいそうな二枚目だった。知らない人間が見れば、菊島や橋本のほうが確実に犯罪者ヅラに見えるはずだ。

「じゃあ質問を変えよう」

菊島は言った。

「お前は、人質と引き換えに引き渡されるのを望むのか、望まないのか、どっちだ？」

「望まない」

澤田は言った。

「殺されるくらいなら、懲役に行ったほうがマシだ」

「わかったわ」

真樹が言った。

「仲間を裏切って、カネを独り占めにしようとした。だから仲間に追われてる。当然裏切り者は殺される。……そういうことね？」

澤田が真樹に眼を向ける。

「この中じゃ、おねえちゃんが一番頭が冴《さ》えてるらしいな」

「だったらお前は、その連中のことをよく知ってるってことだな？」

菊島は言った。

「どんな奴らかは知ってる」

澤田が言った。

「けど、よく知ってるとは言えねえな」

「相手は何人だ？」

菊島の問いに、澤田がハイエースに眼を向ける。

「残ってるのは、三人だな……」

「その荷台の男を殺したのは、お前か？」

「ノーコメント」

「リーダーの名前は？」

「田中一郎《たなかいちろう》」

澤田が笑った。

「いかにも、偽名、って感じだろ？」

「お前の、澤田、ってのも偽名か？」

「ノーコメント」

「てめえ、調子こいてんじゃねえぞ」

橋本が言った。

「てめえを死体で渡したって、相手は文句言わねえだろうよ」

銃口を澤田の頬に押しつける。

「俺を渡そうが渡すまいが、人質は返ってこねえよ」

澤田は平然と言った。

「デカを攫っといて、生かして返すわけがねえじゃねえか」

「……………」

四人の捜査員全員が沈黙していた。

「田中はそういう男だ。奴を甘く見ねえほうがいいぜ」

「田中ってのはどういう男だ？」

菊島は言った。

「住んでる場所とか、表向きの職業とか、知ってることを全部話せ」

「そんなこと言ってるヒマがあんのか？　いまはなんの役にも立たねえぞ」

澤田が言った。

「それより、あんたらがどうすべきなのか、俺が教えてやろうか？」

四人の捜査員は、無言で澤田を見ていた。

「人質のことは諦めろ。交渉を打ち切れ。それで確実に、一人の人間の命を救うことができる」

「てめえが助かりてえだけだろッ!?」

橋本が澤田の頬に銃口を喰い込ませる。

「そんときゃあ、俺がてめえを殺す！」

「だったら人質が殺された責任は誰が取る？」

「あ!?」

「俺を逃がせ。カネはあんたらで分けろ。俺がカネ持って逃げたってことにすりゃあいい。だから交渉に応じることはできなかった。あんたらに責任はない」

「…………」

「どうせ人質は殺される。デカを攫って殺すような奴らにカネまでくれてやるこたぁねえだろ？」

澤田が菊島に眼を向ける。

「すぐ上に報告して、あとは人質交渉の専門部署に任せちまえ。人質が殺された責任はそいつらが取ることになる」

そうなのかも知れない。菊島は思った。少なくとも、警察官としてはそれが正しい対応であるのは間違いなかった。

2

「そうしよう」

小国が言った。

「これは我々の手に余る案件だ。本部の特殊犯捜査に任せよう」

「新田を諦めるって言うんですか⁉」

真樹が小国に怒りの眼を向ける。

「も、もちろん、本部に引き継ぐまで新田が無事なように、最大限の努力はする」

小国が言った。もちろんそれは言いわけだった。

「本部が動き出したら、その時点で新田は殺されるわ！」

真樹が言った。

「じゃあどうすればいいんだ⁉」

小国が大声を出した。

「この場の責任者は私だ。私が全責任を負わされるんだぞ！」

真樹に顔を寄せ、

「お前はさっきから他人を責めるようなことばかり言ってるが、お前にならどうにかできるとでも言うつもりか!?」

「…………」

真樹は無言で小国を睨《にら》んでいた。そのとき菊島のポケットの中でスマホが鳴り出した。取り出すと、画面には〈新田〉と表示されていた。菊島は応答ボタンをスライドさせて耳に当てた。

「そろそろ考えは纏《まと》まったか？」

田中の声だった。

「待ってろ」

菊島はそう言うと電話を切った。

真樹と小国が息を飲んで菊島を見つめる。すぐにまた菊島の手の中のスマホが鳴り出した。菊島はスマホの電源を切った。スマホが沈黙した。

「交渉を、打ち切るつもりですか!?」

真樹が詰め寄る。

「じゃあ、お前が交渉するか？」

菊島は、自分のスマホを真樹に差し出した。

「…………」

真樹はスマホを見つめたまま、なにも応えなかった。

「あんたが交渉するかい？」

菊島は小国にスマホを向けた。

「…………」

小国は力なく左右に首を振った。菊島は澤田に顎《あご》を向け、

「そいつの言ってることは正しい。それはみんなにもわかってるはずだ」

そして小国、真樹、橋本の顔を順に見た。誰も、なにも応えなかった。

「だが、俺は交渉を続ける」

菊島は言った。

「俺は、諦めの悪い性格《タチ》なんでね」

真樹が静かに息を吐いた。橋本が笑顔で頷く。

「責任は俺が取る。お前らは、上の判断を仰げ、と主張したことにでもしておけ」

菊島の言葉に、澤田が嘲《あざけ》るような笑みを浮かべた。

「でも、どう交渉するんです?」

真樹が言った。

「わからん」

そう言うしかなかった。

「だが、相手の言いなりにはならない。新田を殺させないためには、こっちがタフな交渉相手になるしかないんだ」

「…………」

「それに異存がある奴は、いまのうちに言え」

小国も真樹も、なにも言わなかった。橋本だけが、

「異存なんてありませんよ」

そう言った。菊島は頷くとスマホの電源を入れた。起動するのを待って新田の携帯に電話をかける。

「態度に気をつけろ」

電話に出た田中が言った。

「そろそろ、新田くんの指を切り落とそうかと思っていたところだ」

「そういうことをすれば……」

菊島は言った。

「バッグの中のカネを、一億ばかし燃やす」

「…………」

「人質を傷つければ傷つけるほど、手にできるカネが減ると思え」

「フッ」

田中が笑いを漏らした。

「澤田に、なにか吹き込まれたかな？」

「…………」

「あいつは自分が助かるためならどんな嘘でもつく。そんな奴に踊らされるな」

「澤田は関係ない」

「どうせ、素直に要求に従っても人質は殺される、とでも言ったんだろ？　私のことを血も涙もない人間かのようにね……」

田中は楽しげに言った。

「心外だな。私は信義に厚い男だぞ」

「俺が、なにを恐れてるかわかるか？」

菊島は言った。

「あ？」

田中が訝《いぶか》しげな声を出した。

「それはもちろん、新田くんの命が失われるという――」

「違う。……お前らの要求を叶えたにも拘《かか》わらず、新田が殺されるという結果になることだ」

「…………」

「そんな間抜けなことをして、一生悔《く》やみたくはない」

「じゃあなんだ？　取り引きには応じない、とでも？」

「要求に従えば、確実に、新田が無事に戻るという保証が欲しい」

「それは難しいな……」

「考えろ」

菊島は電話を切った。

「どうです？」

真樹が言った。

「なにか……、保証になるような提案をしてくるでしょうか？」

「わからん」

菊島は応えた。

「だが、こちらが信じられるような提案ができるとは思えない」

「だったら――」

「いまのはただの時間稼ぎだ」

「考えるための？」

「いや、移動するためだ」

「移動？　どこに行くんです？」

「わからん。だが、ここに居続けるのは危険だ」

「え？」

「奴らは、痺《しび》れを切らせばここに乗り込んでくる。新田を前に立ててな……」

「！」

真樹が息を飲む。

「向こうは俺たちめがけて撃ちまくってくるが、こちらは新田を殺すのを恐れて撃ち返せない。連中は俺たちを皆殺しにしてからカネと澤田の死体を持っていく。違うか？」

「……………」

真樹が険しい顔になった。小国は露骨に怯《おび》えた顔をしていた。

「向こうは、ここを見張ってるんじゃないですか？」

橋本が言った。

「俺たちが移動すれば、すぐに追跡できるように……」

「ああ、だから俺たちはバラバラに移動する」

菊島は言った。

「俺たちは四人。車はマスタングを含めてちょうど四台ある。ハイエースに革ジャンの死体を載せて俺が運転する。カネは、マスタングに積んで真樹が運転しろ。澤田を乗せたカムリをシゲが、捜査車輛は係長が運転してくれ」

「おい！」

澤田が声を上げる。

「革ジャンの死体、ってなんだ？」

「うるせえよ」

橋本がカムリのトランクを閉めた。

「相手も、四台のどれを追跡すればいいかわからない。おそらく諦めるはずだ」

菊島は言った。

「しかし、バラバラにここを出て、どこに集まればいいんだ？」

小国が言った。

「そうだな……」

菊島は、しばし考えてから言った。

「松永義人のマンション、ってのはどうだ？」

「GPSは？」

真樹が言った。

「敵がGPSの信号を追ってきたんだとすれば、どこに移動したって我々の居場所はバレバレですよ」

「ああ、先にGPSの発信機を見つけよう」

菊島は言った。

「真樹、表のシャッターを閉めろ。脇の扉もロックしとけよ。シゲはマスタングを中に入れろ。係長はカネの入ったバッグを下ろしてくれ」

指示に従ってそれぞれが動き出すと、菊島は革ジャンの死体に向かって歩いていった。死体の右手が握っているリボルバーをもぎ取り、腰のホルスターに収める。

ハイエースのほうに戻り、二つ目のダッフルバッグを地面に下ろした小国に、

「この車を、表のシャッターに沿って駐めてくれ」

「え？　ああ……」

小国にも、敵がシャッターをぶち破って突入してくるのを防ぐためだということは理解できたらしい。

菊島は、捜査車輛のアルファードの運転席に乗り込むとエンジンをかけ、車を動かす。裏手のシャッターの手前にアルファードを停めたとき、マスタングが滑り込んできた。車を降りてシャッターを下ろす。脇の扉が施錠されているのを確認すると再びアルファードに乗り込み、シャッターに沿って横向きに駐めた。

菊島が歩いて戻ると、マスタングはトランクに澤田を載せたカムリに並べて駐めてあった。ハイエースは菊島の指示通りに表のシャッターに横づけされていた。

倉庫の中央辺りで二つのダッフルバッグを見下ろして立つ小国、橋本、真樹の三人が菊島に眼を向ける。

「おそらくＧＰＳは札束の中だ」

菊島は言った。

「それが最も合理的だ」

「田中は仲間の裏切りに備えて、上下一枚ずつだけが本物の、ニセの札束を用意していた」

　真樹が言った。

「中をくり抜いてＧＰＳの発信機が仕込んであるヤツをね。それをバッグの中に紛《まぎ》れ込ませておいた。……まぁ、そんなとこでしょうね」

「なるほど」

　橋本が屈《かが》み込んで、バッグの中の札束を一つ取り出した。

3

札束の端を曲げてパラパラと捲《めく》る。全て万札だった。帯封のついた中央部分を曲げてみるが、なにも硬いものは入っていないようだ。

「ダミーの札束がいくつ入ってるかわからないわ。全ての束をチェックして」

真樹が言った。

「ついでに、いくらあるのかわかるように一千万ずつ積んでいきましょう」

片方のバッグを橋本と菊島が、もう片方を小国と真樹が受け持つ。四人の周りには続々と万札の山が積み上げられていった。

「あった」

小国が声を上げた。端の一枚を捲った束を真樹に突き出す。

なにも印刷されていないクリーム色の紙束の中央部分がくり抜かれてできた窪《くぼ》みには、五百円玉を二つ並べたくらいのサイズの、小判型のブルーのプラスチックケースが収まっていた。受け取った真樹がその束をそのまま菊島に手渡す。

　プラスチックケースを取り出してみると、厚さが五ミリにも満たない側面に、直径一ミリほどの赤いランプが光っていた。

　このケースの中にGPSの基板とボタン型リチウム電池が収まっているのは間違いない。菊島はそう思った。その束を脇に放って作業を続ける。

　五分ほどで全ての札束のチェックを終えた。

　ダミーの束は一つのバッグにつき二つ、計四個が見つかった。そして現金は、六億二千七百万円あった。

　念のため二つのバッグも調べてみたが、なにも仕込まれてはいなかった。

「これ、全部渡さなきゃなんないんスかねえ？」

　現金の山を見下ろして橋本が言った。

「お前が交渉してみるか？」

　菊島は言った。

「いや、主任にお任せしますよ」

　橋本が肩を竦《すく》める。そのとき、菊島のスマホが鳴り出した。新田の携帯からの着信だった。早いな、そう思った。

本気で新田を返すつもりにせよ、菊島を騙《だま》すつもりにせよ、もうしばらくは時間をかけるだろうと踏んでいた。

「なんだ？」

電話に出て菊島は言った。

「菊島くん、キミのやり方では上手くいかないぞ」

田中はそう言った。

「そうかな？」

「我々とキミらとでは、懸《か》かっているものの重さが違うんだ」

「カネは諦められる。だが、人の命は取り返しがつかないぞ」

「…………」

「いまから動画を送る。それを見て、よく考えろ」

電話が切れた。

「なんと言ってるんです？」

すぐに真樹が言った。

「動画を送ると言ってる」

菊島の言葉に他の三人の顔に緊張が走る。

そのあとは重苦しい沈黙が続いた。やがて、着信を知らせる短い電子音が鳴った。メッセージアプリにショートメールが届いていた。文字はなく、動画ファイルだけが添付されている。

全員が身を寄せ、菊島のスマホを覗き込んだ。

再生ボタンをタップすると動画が始まった。黒の防弾ベストを着た人物の胸の辺りが映っているのだとわかった。

カメラが上に振られ、眼を閉じている新田の顔が見えた。その顳顬《こめかみ》にはグロックと思しき大型の自動拳銃の銃口が押し当てられている。

「ああ……」

真樹の口から、声とも吐息ともつかぬ音が漏れた。

「新田くん」

フレームの外からの、田中の声が流れた。

「仲間に、伝えたいことはあるかな？」

新田が眼を開けた。カメラに眼を向ける。

「俺は……」

いまにも泣き出しそうになるのを必死で堪《こら》えている顔に見えた。

「俺は、……どうせ殺されます」

そして、カメラを睨んで叫んだ。

「仇《かたき》を、俺の仇を取って下さい！」

複数の男の笑い声が聞こえた。そこで動画は終わった。

その場の全員が声を失っていた。

だがやがて、沈黙を破ったのは小国だった。

「やはり本部に連絡を入れよう。仇を取ってやるにはそれしかない」

「新田はまだ生きてるんですよ！」

厳しい顔で真樹が言った。

「じゃあどうするんだ!?」

小国が大声を出した。

「どうすれば新田を救えるんだ？　言ってみろ！」

「…………」

「私が指揮官だ。お前は黙ってろ！」

小国はポケットからスマホを取り出す。橋本がリボルバーを抜いた。

「仕舞ってくれ」

「な……！」

自分に向けられた銃口を見つめて小国が息を飲む。

「わ、私に、上司に銃を向けるのか？　どういうつもりだ!?」

「新田を見殺しにしようとする奴は上司でもなんでもねえ」

橋本は平然と言った。いまにも引き金を引きそうな眼をしていた。

「……わかった。お、落ち着け」

小国がポケットにスマホを戻す。そのとき菊島のスマホが鳴り出した。

「なんだ？」

「動画を見たかな？」

田中の声だった。

「見た。保証の話は出なかったぞ」

「まだそんなことを言ってるのか？　キミたちは私を信じる他に道はないんだ」

「信じられない相手だから保証を寄越せと言ってるんだ」

「あの動画を見ても、新田くんを見殺しにできるのかね？」

「見殺しにはしない。それは最初から変わってない」

「だったら素直に要求に従え」

「従ったら新田を返すのか？」

「もちろん、無傷で返すよ」

「新田は、そうは思っていないぞ」

「彼は恐怖で混乱しているんだ。私を信じろ」

「信じてほしければ保証を寄越せ」

「キミも頭の悪い男だな。新田くんが死んでもいいのか？」

「じゃあそっちは本当に、これほどのカネを諦められるのか？」

「我々もそう長い時間をかけるわけにはいかない。どこかの時点で新田くんの死体を放り出して姿を消す」

「それは嘘だ。カネを諦められないから新田を攫ったんだ」

「…………」

「諦められるカネなら、澤田が逮捕された段階で諦めてる。絶対に諦められないカネだからデカを攫ってまで取り戻そうとしてるんだ。違うか？」

「だったらどうだと言うんだ？　取り戻せなかったときのダメージは、我々とキミらとでは桁《けた》が違うということが、まだわからんのか？」

「俺たちとお前らの立場は五分だ。そのことを認識しろ」

「承服しかねるね」

「一円のカネも手に入らず、警察官殺しの犯人として徹底的に追われるぞ。こっちは澤田を押さえてるんだ。逃げ切れると思うなよ」

「じゃあ仲間を見殺しにした後悔を一生味わえ」

田中が電話を切ろうとしている、そう思った。

「一つ提案がある」

菊島は勝負に出た。

「ほう、言ってみろ」

田中の声音に、妥協を引き出せる可能性を感じた。

「新田が無事に戻れば、俺たちはこの件をなかったことにする」

「あ？」

「事件にはしない。警察は、お前たちを追わない。それなら、新田を殺す理由はないはずだ」

「それを、信じろと言うのか？」

「その代わり、カネは半分だけだ。澤田も渡さない。これで手を打て」

「……………」

「分け前をもらった俺たちが、それを報告できると思うか？」

「たとえキミはそうでも、キミらの中に、一人でもカネを欲しがらない奴がいたら、そいつが報告する。そんな話には乗れないな」

「その点については俺が責任を負う。絶対に、誰にも報告させない」

「私のことは信じないくせに、キミのことは信じろと言ってるのか？」

「ああ、信じろ。騙したりはしない」

「それは虫のいい話だな」

「新田を殺さずに返し、俺たちに分け前をくれた相手を捕まえたいとは思わん。カネを諦めて報告したところで俺たちが褒《ほ》められるとでも思うか？　それどころかこんな事態になった責任を追及されて、しかも、独断で犯人と取り引きをした、ってことで警察官職務執行法違反での処罰を受けるだけなんだぞ」

「…………」

しばしの沈黙が流れ、やがて田中が口を開いた。

「カネがいくらあるのか数えたか？」

「六億三千万ほどだ」

菊島は、敢《あ》えてダミーの分を省《はぶ》かずに言った。

「こちらに四億渡せ。残りはキミらにやろう」

「…………」

「ただし、澤田は渡してもらう。これがこちらの最大限の譲歩だ」

「ダメだ。澤田は渡さない」

「なぜだ？　これを事件にしないのなら、澤田に価値はないはずだ」

「殺されるのがわかっていて、澤田を渡すことはできない」

「急に警察官らしいことを言い出したな。怪《あや》しいぞ」

田中が笑みを浮かべているのがわかった。

「ならばキミらは澤田をどうするつもりだ？　なんの罰も与えずに見逃すのか？」

「…………」

「澤田は人殺しだぞ。ハイエースに死体が載っていただろう？　それは中井《なかい》という男だ。澤田は、仲間である中井を殺してカネを独り占めにしようとした。そんな奴を、警察官であるキミらが世の中に解き放とうというのかね？」

菊島は、返す言葉が浮かばなかった。

「よし、こうしよう。菊島くん、キミが澤田を殺せ」

「！」

「それならば、我々はキミを信じることができる。仲間を救うためとはいえ、殺人を犯した警察官がそれを公《おおやけ》にするとは思えんからな」

「それはできない」

「できるよ菊島くん、キミならできる」

「…………」

「肚《はら》が決まったら電話しろ」

それで電話が切れた。

4

「澤田の引き渡しに関しては譲らない。そういうことですね？」

真樹が言った。

「いや……」

スマホを仕舞った菊島は重い口を開いた。

「俺に、澤田を殺せと言ってる」

「え!?」

真樹が息を飲む。

「そうすれば、さすがに俺たちもこの件を公にはできない。今後、警察が奴らを追うことはない。だから新田を殺す必要もない、ということだ」

「そ、そんな……」

真樹の言葉はそこで途切れた。

「いいんじゃないですか」

橋本が言った。

「それをしなけりゃ新田を救えないなら、選択の余地はないですよ」

「カネは？」

小国が言った。

「カネの件はどうなんだ？」

「四億寄越せと言ってる。残りは好きにしろ、とな……」

菊島は言った。

「よし、それならいい」

小国が生気を取り戻したように見えた。

「残りの二億余りは菊さんと橋本で分けろ。それで真樹と私の件は菊さんの提案通りでいける」

口元に笑みが浮かんでいた。

「澤田はいきなり菊さんに発砲した野郎だ。それによる銃撃戦で死亡したってことにしときゃいい。もともと銃を持っていたし、手には発射残渣《ざんさ》も残ってる。なんの問題もない」

「じゃあお前が殺せ」

菊島が小国を睨み据える。

「えっ？」

小国の笑みが凍りついた。

「なんの問題もないなら、お前が澤田を殺せと言ってるんだ」

「いや、しかし……」

「嫌なのか？　なんでもかんでも他人任せにして、それでやり過ごそうってのか？」

「………」

「俺が澤田の腹に一発ブチ込んでやる。お前は心臓か頭を撃ってトドメを刺せ。それで解決だ。なんの問題もないだろ？」

小国の顔から血の気が失せたように見えた。

「俺がやりますよ」

橋本が言った。

「係長じゃ時間がかかってしょうがない。俺がとっとと片づけます」

小国に顔を向け、

「これは、指揮官である係長の命令、ってことでいいんですよね？」

小国は言葉を出せずに、菊島と橋本に視線を行き来させていた。

「誰が殺すかが問題なんじゃない！」

真樹が強い口調で言った。

「本気ですか？　本気で警察官が、人殺しをするつもりですか？」

「お前はもう、人を殺してるじゃねえか」

橋本が言った。真樹が橋本に怒りの眼を向ける。

「あれは事故よ」

「いや、違う」

菊島が言った。

「お前は身の危険を感じて、あの男を狙って撃ったんだ。事故じゃない。そしてお前はその責任から逃れる選択をした。なんの違いがある？」

「…………」

「新田を救うためなんだぞ」

小国が言った。

「言ってみればこれは、已《や》むを得ない犠牲、というヤツだ」

「…………」

「コラテラル・ダメージだって言うの？　戦争じゃないのよ」

真樹が言った。コラテラル・ダメージとは、軍事行動における副次的な被害、主に爆撃による民間人の死傷などを指して使われる言葉だ。

「澤田を殺す以外に、新田を助ける方法を探るべきです」

真樹が菊島に訴える。

「なにか、なにかきっとあるはずです」

「たとえば？」

菊島は真樹にうんざりしていた。こいつは小学校の学級委員レベルの正義感の持主だ。正しいことを言い続けるばかりで、なにも前に進めようとしない。

「たとえばどんな方法だ？　言ってみろ」

「それは、みんなで知恵を出し合って……」

「お前はいままでに、新田を救う知恵を一つでも出したのか？」

「……………」

「ほんの少し前まで、どうすれば新田を救うことができるのかわからなかった。だがやっと、新田を救える方法に辿《たど》り着いたんだぞ」

菊島の口調が熱を帯びていた。

「澤田を殺せば新田は無事に戻ってくる。それは間違いない。俺が知恵を絞ってここまで持ってきたんだ。それを否定するのか？」

「人を救うために人を殺したんじゃ意味がない」

「人質がお前の家族でも、同じことが言えんのか？」

橋本が言った。

「澤田は悪党だ。悪党を救うために家族の命を犠牲にできんのかよ!?」

「家族だろうとなかろうと、人質を犠牲になんかしない！」

真樹は抵抗をやめなかった。

「澤田がどんな人間かは関係ない。わたしたちが人を殺すことに反対してるのよ！」

「わかった」

菊島は言った。

「あとはお前に任せる。好きなようにしろ」

自分のスマホを真樹に差し出す。

「新田が死んだら、それはお前のせいだ」

「………」

真樹の顔は凍りついていた。

「その覚悟はあるのか？」

菊島は、これで真樹も諦めるだろう。そう思っていた。

「ありませんよ」

真樹は追い詰められていた。

「あるわけがないじゃないですか。わたしには無理です」

「だったら黙ってろ」

「じゃあ主任はそれでいいんですか？　負けを認めるんですか？」

「負け？」

菊島には意味がわからなかった。

「新田を救えれば、俺たちの勝ちだ」

「いいえ、二億のカネをもらって相手に命じられた通りに人を殺すのなら、敵の手下になったも同然ですよ。完全な負けじゃないですか」

「…………」

漸《よう》く《や》菊島は、ずっと感じていた違和感の理由を悟《さと》った。

澤田を殺せば新田を救えるのなら、躊躇《ためら》うことなどなにもないはずだった。橋本がそうであるように。だが、それを田中に要求された。それが問題だった。

拉致犯の言いなりになることなく立場を対等に持っていき、人質を殺す理由を失わせた。田中の譲歩を引き出し、新田を無事に取り戻せるところまで漕《こ》ぎ着けた。残るのは、如何《いか》にして敵の信頼を得るか、その一点のみだった。

菊島は、解決の目前まで来たという手応えと、敵に命じられて澤田を殺さなければならないという屈辱を、同時に味わっていたのだった。

「主任なら勝てます」

真樹が、菊島の眼を見つめて言った。

「主任の交渉は凄かった。無理だと思われた状況を引っ繰り返しました。カネは半分だけ、澤田も渡さない、という条件を敵が飲んでいれば、完全に主任の勝ちでした」

その通りだった。

「なのにここまできて、負けてほしくないんです」

負けたくはなかった。田中の顔を蒼褪《あおざ》めさせてやりたい。そう思っていた。

「どうすれば、お前の言う、勝ち、になるんだ?」

菊島は言った。

「主任が言っていたように、敵の言いなりにならないことです」

真樹が言った。

「澤田は殺さない。これを譲れば負けです」

「だったら澤田を渡せと言ってくる。結果は同じだ。澤田は死ぬ」

「向こうも焦っています。早く終わらせるために、妥協の余地はあるはずです。澤田を条件から外して合意に持っていくことはできませんか？」

「それだと田中は俺を信用しなくなる。交渉は振り出しに戻るぞ」

「…………」

「田中が俺に、澤田を殺せ、と言ってるのは、こちらが殺人を実行すれば、今後自分たちが警察に追われることはない、という安心が得られるからだ。この条件は絶対に譲らんだろう」

「勝つか負けるかなんていう面子《メンツ》の問題より、新田の安全を優先するべきだ」

小国が言った。澤田を殺す、という役目を橋本が引き受けたことで、強気になっているようだ。

「主任……」

橋本が、菊島の耳元に口を寄せ、

「真樹を縛り上げてから澤田を殺すってのはどうです？」

そう言って薄笑いを浮かべた。

橋本は澤田を殺すことに前のめりになっている。菊島の知らない橋本の一面を見た気がした。それが橋本の本性だったのか、それともこの状況に橋本が壊れ始めているのか、菊島にはわからなかった。

「じゃあ、敵を騙すことはできませんか?」

真樹が言った。

「こちらが澤田を殺したと、相手に思い込ませるような……」

「死んでるかどうか確認しねえわけがねえじゃねえかよ!」

橋本が言った。

「それがバレたら、その瞬間に新田は殺されるぞ!」

菊島はもう聞いていなかった。別の方向に顔を向けていた。橋本がそれに気づいて同じ方向に眼を向ける。真樹も菊島の視線を追って振り返る。

「あ……」

小国が声を漏らした。菊島の見ている方向には、革ジャンの死体があった。

「マジすか……」

橋本が呟《つぶや》く。

「あいつの死体で誤魔化《ごまか》そうってんですか?」

「いけます！　いけますよ！」

真樹が上ずった声を出した。

「だ、大丈夫か……？」

小国が怯えた顔を見せた。

「危険な賭けになる」

菊島は言った。無事に取り戻せるはずの新田の命を、危険に晒《さら》すことになる。それはわかっていた。だが……。

眼の前に男の死体が一つ転がっている。このことは新田も敵も知らない。これこそが天の配剤《はいざい》というものではないだろうか。

菊島は、眼に見えぬ大いなる力に背中を押されているような気がした。

5

「聞こえてたぜ」

トランクが開くと、顔を上げた澤田が言った。

「あんたらも一度トランクに閉じ込められてみるといい。近くの話し声ってのは思いの外《ほか》よく聞き取れるもんだ」

「うるせえよ。とっとと出ろ」

橋本が言った。地面に降り立った澤田を後ろ向きにして手錠を外す。

「なんにしろ、俺を殺さない決断をしてくれて助かったよ。感謝してる」

手首を擦《さす》りながら、澤田が真樹に笑顔を向けた。

「おねえちゃんが独《ひと》り者《もん》なら、プロポーズしたいぐれえの気持ちだ」

真樹は無言で澤田から顔を背《そむ》けた。

「で、革ジャンの死体ってのはなんだ？」

誰にともなく澤田が問いかける。

「お前には関係ない」

菊島は言った。

「服を交換するんだろ？　そいつの体型が気になるじゃねえかよ」

澤田が薄笑いを浮かべる。

「まぁ俺は死体が着てた服なんか着る気はねえけどな。俺の着替えはこいつに載せてあるんだ」

親指でカムリを指差す。

菊島はカムリの後部座席のドアを開け、中を覗き込んだ。助手席のシートの後ろの床に革のボストンバッグがあった。それを後部座席の座面に載せ、ジッパーを開く。

バッグの中には、畳んだ濃紺のスーツと白シャツ、革ベルト、革靴が詰め込まれていた。衣類の中を弄《まさぐ》ると、硬いものに手が触れる。

取り出してみると、それはタウルスＰＴ92だった。

アメリカ陸軍が制式採用した9ミリ口径の自動拳銃、ベレッタ92Ｆのブラジリアンコピーだが、ベレッタではスライドに設けられている安全装置《セーフティ》が、フレーム側に移されているのが特徴だ。

スライドを少し引いて、薬室には装塡されていないのを確認すると、菊島はそれをズボンの腹側に挿した。革のバッグを澤田の足元に放る。

「着替えろ」

澤田が肩を竦《すく》めてグレーの長袖ブルゾンのジッパーを下ろす。下に白のTシャツを着ていた。

「死体の服を脱がせてこい」

菊島は真樹に言った。真樹はなにも言わずに背を向けて歩き出す。

「一人じゃ大変だ。私も行こう」

小国が言って、真樹のあとを追った。

「服を替えても、顔を見られたらお終《しま》いですよ」

橋本が言った。

「髪の長さも全然違うし……」

澤田はブルゾンとTシャツを脱ぎ、素肌にワイシャツを羽織っていた。黒のブーツタイプの安全靴を脱いで、グレーの作業ズボンを下ろす。

菊島はブルゾンとTシャツ、安全靴、作業ズボンを拾い上げると、橋本に、

「着替えが済んだら連れてこい」

スーツのズボンを穿《は》いている澤田に顎を振って言った。

「了解です」

橋本の声を背に、菊島は小国と真樹のいる方向に歩き出す。死体の顔をどうやって誤魔化すのか、橋本が言っていたように、それが最大の問題点だった。

敵に顔を見せるわけにはいかない。だが、顔を見せないことを不自然に思われてもいけない。では、どうすればいいのか。

死体はすでに下着姿になっていた。その顔色はゾッとするほど白い。両手首の手錠は服を脱がすために外されていた。

菊島は、手にしていた作業服と安全靴を地面に落とした。

「顔はどうします？」

真樹が言った。

「どうすればいい？」

菊島が訊き返す。

「なにか、袋でも被せるしかないですね……」

「ちょうどいい袋があるのか？」

「………」

真樹は力なく首を横に振った。

「本気で考えろ。顔を誤魔化せなければ澤田を殺すしかないんだぞ」

菊島は澤田のTシャツを手に、シャッターに接するように駐められたハイエースに向かった。リアゲートを開き、ブルーシートを剥《は》がして地面に放る。もう一つの死体がそこにあった。

田中が、中井という男だ、と言っていた死体は腹を正面から撃たれていた。作業服は膝《ひざ》の辺りまでが血に染まっている。

荷台の床も大量の血で覆われていた。その血はどす黒く変色してすでにほとんどが固まっている。死体の作業服のブルゾンとアンダーシャツを捲《めく》り上げる。腹部が顕《あらわ》になった。菊島は、ズボンに挿したタウルスを抜き出し、スライドを引いて初弾を薬室に送り込む。

死体の臍《へそ》の脇を狙って引き金を引いた。凄まじい銃声に小国と真樹が振り返る。タウルスにセーフティを掛け、腹に挿す。射入口からは血は流れ出なかった。心臓が止まっているため、血液を送り出すことができないからだ。背中の射出口に左手のTシャツを押し当て、腹部を右手で上から圧迫する。Tシャツに血が滲《し》みていくのが感触でわかった。

Tシャツを外して確認する。このぐらいで充分だろう。そう思った。死体の作業服を元通りに整え、リアゲートを閉じる。

革ジャンの死体のほうに眼を向ける。小国は死体の足に安全靴を履かせるのに苦労していた。真樹は起こした上体にブルゾンを着せている。菊島は脇の地面に置かれていた手錠を手に取り、死体の両手首に嵌めた。

「そのまま支えてろ」

真樹がブルゾンのジッパーを上げ終わるのを待って菊島は言った。小国もなんとか安全靴を履かせ終えていた。

血に染まった部分で顔を覆うように、Tシャツを死体の頭に被せた。頭部を完全に包み込み、余った部分を首の後ろで縛って固定する。

「凄い。……これなら完璧です」

真樹が感嘆の声を漏らす。

「いや、まだだ」

菊島はタウルスを抜いた。

「え？」

真樹が声を上げる。小国は慌てて脇に避《よ》けた。

菊島はセーフティを解除したタウルスの銃口を向け、Tシャツに包まれた後頭部を撃ち抜いた。

死体は横様《よこざま》に倒れた。菊島はそれをじっくりと眺めた。

両手錠を嵌められ、グレーの作業服の上下に黒の作業用ブーツを履いた死体。頭を白い布で包まれ、血に塗《まみ》れた顔面部分には銃弾が抜けた穴が開いている。脚は不自然に曲がっていた。

これを見て、死体であることを疑う人間がいるだろうか。わざわざ血で汚れた布を引き剝《は》がして顔を確かめたいと思うだろうか。

ヒュー、と短い口笛が聞こえた。振り返るとスーツ姿の澤田がこちらを見ていた。その背後に、リボルバーを握った橋本が立っている。

「上出来だな」

笑顔の澤田が言った。左腕の腕時計を外して菊島に差し出す。

「これを巻いてやれ。それで完璧だ」

菊島は受け取った腕時計を見た。黒のルミノックスだった。死体の脇に屈み込み、その左手首にベルクロ素材のバンドでルミノックスを嵌めた。起ち上がるとポケットからスマホを取り出し、電話をかける。

「決心がついたか？」

電話に出た田中が言った。

「ああ、いま澤田を殺した」

菊島はそう応えた。ククッ、と田中が笑い声を漏らす。

「な？　私の言った通りだろ？　キミは人を殺せる人間なんだよ」

菊島を屈服させたことを勝ち誇っているような口ぶりだった。

「とっとと取り引きを終わらせよう」

菊島は言った。

「ああ、まずは死体を見せろ。それを確認したらカネと人質を交換だ」

「先に無事な新田を見せろ。そうしたら死体を見せる」

「いいだろう。これからそっちに行く。駐車場に着いたらクラクションを鳴らすよ」

「わかった」

菊島は電話を切った。

「死体をハイエースに載せる」

小国に言った。死体の両脇に手を入れて抱え起こす。小国が両足首を摑んで死体を持ち上げ、ハイエースに向かった。死体は思っていたよりもずっと重かった。

真樹が開けたリアゲートから荷台に死体を入れ、もう一つの死体と並べて寝かせる。手錠と、撃ち抜かれた頭部が見えるように姿勢を調整すると、菊島はリアゲートを閉じた。

「カネを二つのバッグに二億ずつ詰めて、捜査車輌に載せろ」

真樹に言った。足元のブルーシートを指差し、

「残りのカネは、これで包んどいてくれ」

真樹は頷くとブルーシートを拾い、さらに死体から脱がせた革ジャン、ジーンズ、スニーカーを拾い上げて駆け出していった。そのあとを小国が追う。

菊島は運転席のドアを開け、床に落ちているはずの澤田が投げ捨てた銃を探した。それはすぐに見つかった。9ミリ口径のグロックG17だった。

ドアを閉めて橋本に歩み寄り、銃身を握ったグロックを差し出す。橋本は、右手のリボルバーをホルスターに収めると、グロックのグリップを摑んで嬉しそうな笑みを浮かべた。

「いざというときには、お前が頼りだ」

菊島は言った。

「任せて下さいよ」

自信に満ちた顔で橋本が応えた。

「俺が、ハイエースを運転していって死体を見せる。お前は後部座席から敵に銃口を向けてろ」

「ええ」

「敵が死体のTシャツを剝《は》ぎ取ろうとしやがったら脅《おど》しに一発ぶっ放せ。すぐに俺が敵を一人人質に取る」

「了解です」

「いつ、なにを撃つか、撃たないかは自分で判断しろ」

橋本が頷く。その顔には緊張感が漲《みなぎ》っていた。

「俺は、そろそろ解放してくれてもいいんじゃないか？」

澤田が言った。

「ダメだ。お前にはもう一度トランクに入ってもらう」

菊島は言った。

「あ？　もう、俺に用はないはずだ」

「自分だけ助かろうってのか？　世の中そう甘くはない」

「…………」

「取り引きが上手くいかず、俺たちが全員殺された場合は、お前もこのトランクの中で死ぬことになる。当然だろ？」

「俺はあんたらの無事を祈るしかねえってのか……」

澤田が深いため息をついた。橋本がグロックを腹に挿し、手錠を取り出す。澤田の腕を背中に回して手錠をかけたとき、裏手のシャッター脇の捜査車輌のアルファードが動き出した。途中でカネが詰まった二つのダッフルバッグを積み込むと、菊島たちの傍《そば》まできて停車する。

助手席から降りてきた真樹が、

「ダミーの束は敵に渡す四億に混ぜてあります」

そう言って微かな笑みを浮かべた。菊島が橋本に顎を振る。橋本は頷いて、澤田を引っ立ててカムリに向かった。

運転席から小国が降りて近づいてくると菊島は、

「俺と橋本がハイエースに乗って出ていく」

真樹と小国に向かって言った。

「係長はこの車に、真樹はマスタングに乗って待機してくれ」

二人が頷く。

「合図したら係長は、俺がいる場所までカネを運んでくる」

「ああ」

「真樹は、新田が解放されたらマスタングで拾って、そのままこの場から離れろ」

「はい」

「もし敵が撃ってきたら余計なことは考えず、とにかく自分の身を守れ。いいな？」

二人が頷く。その顔は強張っていた。

そのとき、シャッター越しにクラクションの音が聞こえてきた。

6

菊島と橋本が表のシャッターを引き上げる。

広い駐車場の中央辺り、倉庫のシャッターからは三十メートルほど離れた位置に黒のＳＵＶが駐まっていた。

菊島は、ハイエースの運転席に乗り込みエンジンをかけた。橋本が後部座席に乗り込むと車をスタートさせ、黒のＳＵＶに向かってゆっくりと車を近づけていく。

十メートルほどの距離になったところで右にハンドルを切り、ＳＵＶのほうに尻を向けてハイエースを停めた。エンジンをかけたまま車を降りると、ドアも開けたままでリアゲートの脇に立つ。

ＳＵＶはジープのレネゲードだった。左ハンドルの運転席と、助手席に、人の姿が見える。運転席には三十代の厳《いか》つい男、助手席には五十代と思しき痩せた男が座っていた。

あれが田中か……。助手席の男を見て菊島はそう思った。

助手席のドアが開き、五十男が地面に降り立つ。澤田が着ていたのと同じグレーの作業服の上下を着ていた。レネゲードの前を廻ってこちらに近づいてくる。右手には黒の自動拳銃《オートマチック》を提げていた。

菊島は、コック&ロックの状態で腹に挿していたタウルスを抜き出すと銃口を下に向け、親指でサムセーフティを押し下げてロックを解除した。

「キミが菊島くんか？」

眼の前の男が言った。やはり田中の声だった。冷酷な男の顔に見えた。

「ああ」

菊島は言った。

「新田を見せろ」

田中が左手を挙げた。

レネゲードのリアドアが開き、頭に黒い袋を被せられている男が降りてくる。濃紺のウインドブレーカーの下に防弾ベストを装着し、両手を前で縛られていた。

その背後からもう一人男が降りてくる。両腕で構えたポンプ式の散弾銃を黒い袋に向けていた。

同じくグレーの作業服を着た、四十前後と思しき顔の下半分が髭で覆われた小太りの男だ。

「こちらには散弾銃《ショットガン》がある」

田中が言った。散弾銃とは、使用する弾によって数個から数百個もの鉛の粒を一度に撃ち出すことができる、狙われたら逃れようのない物騒な銃だ。

「いまさら馬鹿な考えは起こすなよ」

「そっちこそな……」

菊島は応えた。

「こっちのほうが人数は多いし、全員が銃の訓練を受けている」

「フッ」

田中が薄い唇の端を歪《ゆが》めた。

「まぁお互いに、正々堂々といこうじゃないか」

菊島はハイエースのリアゲートを上に跳ね上げた。二つの死体の奥に、後部座席の背もたれの上からグロックを向けている橋本が見えた。

田中は、落ち着いた足取りで二、三歩脇に移動し、橋本の射線から外れると笑みを浮かべた。

「菊島くん、キミは警察官よりも犯罪者に向いてるな」

言い終わらぬうちに発砲した。菊島は全く反応することができなかった。

銃弾は、死体の頭部を包んだ血塗れのTシャツに撃ち込まれていた。死体は僅《わず》かに揺れただけだった。

「いいだろう」

田中が銃を下ろし、菊島に笑顔を向ける。菊島は力任せにリアゲートを閉じた。

「ではいよいよ、カネと人質の交換だ」

田中が言った。橋本はハイエースから降りてきて菊島の傍らに立つと、田中の頭にグロックを向けた。

菊島はシャッターの開口部に向かって左手を挙げた。来い、と合図をする。

倉庫の中の暗がりから捜査車輛のアルファードが姿を現して、ゆっくりと走り出てきた。菊島の近くまで来ると右にハンドルを切り、田中のほうに横腹を見せて静かに停まった。

菊島がアルファードのスライドドアを開け、後部座席のバカでかいダッフルバッグを摑んで地面に放り出す。続けて二つ目のバッグも放り出した。

田中がレネゲードに手を振った。

運転席から、同じグレーの作業服を着た坊主頭の厳つい男が降りてくる。銃は手にしていない。菊島はその男にタウルスの銃口を向けた。

田中と坊主頭の男はそれぞれバッグのジッパーを開け、中のカネを確認していく。

「ここまできて、金額を誤魔化すような真似をするとは思っちゃいないがね」

大雑把にチェックを済ませ、田中はジッパーを閉じた。坊主頭はまだ数えていた。

やがて田中に顔を向けて頷きジッパーを閉める。

田中がレネゲードのほうに顎を振ると、坊主頭は一つ二十キロの重さがあるバッグを苦もなく両手に提げて歩き出した。

「新田くんを放してやれ！」

田中が髭面の男に声を投げる。髭面の男は散弾銃を腋《わき》に抱え込むと、人質の頭から黒い袋を脱がせた。

新田は眩《まぶ》しそうに眼を瞬《しばたた》かせながら、信じられない、という顔で周囲を見回していた。髭面が散弾銃の銃口で新田の背中を押す。新田は慌てて菊島のほうに向かって駆け出した。

「俺たちから離れろ！」

菊島は大声で言った。左腕を大きく横に振る。

新田は急に方向転換して左の方向へ走り去っていった。倉庫から猛スピードで飛び出してきたマスタングが新田を追い抜いて急停車した。

「乗って！」という真樹の声が響く。助手席のドアが閉まると急発進したマスタングは、ゲートを抜けて公道へと消えていった。

「用心深いな」

田中が言った。

「だが、もう警戒する必要はないだろ？　無事に取り引きは終わったんだ」

田中は満足げな笑みを浮かべていた。

「キミらのものになったカネは、死んだ澤田と中井の分け前だ。残った我々の取り分は減ってはいない」

「なるほど」

「カネは取り戻せたし、澤田は片づいた。リスキーな賭けだとは思っていたが、新田くんを人質に取った甲斐《かい》があったというものだ」

「…………」

「しかも、今後警察に追われることもない。菊島くん、キミのお蔭《かげ》だよ」

菊島は、田中の頭に９ミリ口径の鉛をブチ込んでやりたい、その衝動に駆られた。

田中を殺すことはできるだろう。だが、その直後に散弾銃で撃たれて菊島は死ぬ。おそらくは橋本も。アルファードで逃げ出した小国も、タイヤを散弾銃で撃たれればどこまで逃げられるものかはわからない。いまさら、そんな幕引きを迎えるわけにはいかなかった。

「このハイエースはどうする?」

菊島は言った。

「我々がもらっていくよ。キミらもそのほうがいいだろ? 死体はこちらで処理しておく」

田中はそう応えた。

「それと……」

田中がズボンのポケットから短銃身のリボルバーを取り出し、

「これを新田くんに返しといてくれ。警察官が銃を紛失すると大変だろうからな」

「ああ」

菊島はそれを受け取りズボンのポケットに収めた。

「菊島くん、キミとはまたどこかで顔を合わせそうな気がするよ」

田中が言った。

「そのときは、どちらかが死ぬときだ」

菊島は言った。

「フッ、楽しみだな」

田中は菊島に背を向け、レネゲードのほうに歩いていった。

後部座席に二つのバッグを積み込み終えていた坊主頭は、田中の合図でハイエースの運転席に向かった。

散弾銃をバッグの上に放った髭面が、レネゲードのリアドアを閉めて運転席に乗り込む。田中は菊島のほうを一瞥《いちべつ》し、助手席に乗り込んだ。

ハイエースが走り出し、そのあとを追ってレネゲードが走り出す。ゲートを抜けて通りに出ると、穏やかな走りで調布方面へと去っていった。

菊島はそれを見送ると、漸《ようや》くタウルスにセーフティを掛け、ズボンの腹に挿した。

「う、上手くいきましたね……」

橋本はそう言うと深いため息をついた。グロックをズボンの腹に挿す。菊島は歩いて倉庫に向かった。橋本があとに続く。

動き出したアルファードが二人を追い抜いて倉庫内へ入っていった。アルファードはカムリの脇に停車した。運転席から小国が飛び出してきた。

「菊さん、凄いな、やったじゃないか！」

満面の笑顔で言った。興奮していた。

「ああ、上手くいった」

菊島は応えた。

「ついでに、あんたと真樹の問題も片づいた」

「素晴らしい、素晴らしいよ菊さん！」

小国が笑い声を上げる。新田を無事取り戻せたことと、自分の問題が片づいたことの、どちらを素晴らしいと言っているのかはわからなかった。

カムリの脇の地面にはブルーシートの大きな塊《かたまり》と澤田の着替えが入っていた革のバッグがあった。

菊島はバッグを拾い上げた。中に革ジャンとジーンズとスニーカーが詰め込まれていた。橋本とカネを分けるのに使えないかと思ったのだが、どう見ても数千万で一杯になってしまうサイズだった。諦めてバッグを橋本に手渡す。

「これと、こいつを──」

ブルーシートを指差す。

「捜査《そ》車輛《っち》に載せとけ」

橋本が笑顔で頷き、ブルーシートの結び目を摑んで持ち上げる。小国がそれに手を貸した。

「やっぱり、私にも少し分けてくれないか？」

小国の言葉に橋本が笑い声を上げげた。菊島も苦笑してカムリのトランクを開けた。

「上手くいったらしいな」

澤田がホッとしたような笑みを見せた。

「ああ、お前も死なずに済んだ」

菊島は手錠を外してやった。澤田はトランクを出て地面に降り立つと、

「いや大したもんだ。あの状況から田中を出し抜くなんてな……」

「正直に答えろ」

菊島は言った。

「ハイエースに載ってた、あの中井というホトケさんは、お前が殺したのか？」

「向こうが先に撃ってきた。だから撃ち返した」

澤田は臆することなく言った。

「殺すつもりはなかったが、病院に運んでやる余裕はなかったんでね……」

「……………」

「あんたにだって、当たらないように撃ったんだ。威嚇射撃ってヤツさ」

澤田が嘘を言っているようには思えなかった。不思議なことに菊島は、この澤田という犯罪者に対して悪い感情を抱いてはいなかった。それどころか、なにか言葉にはできない、ある種のシンパシーのようなものさえ感じている気がしていた。

「あんたにも、訊いておきたいことがある」

澤田が言った。

「あんた、これで終わったと思ってるのか？」

「あ？」

菊島には意味がわからなかった。

「田中はいずれ、騙されたことに気づくぞ」

「……………」

「死体はおそらく山に埋めるはずだ。腐敗の進行を早めるために全裸でな」

その通りになりそうな気がした。

「奴らは俺が生きていることを知り、俺を見つけ出して殺そうとするだろう。だが、俺より先に狙われるのはあんたらだ。あんたらの居場所はわかってるんだからな」

「……………」

「だったら向こうが仕掛けてくる前にこっちが奴らを襲って、もう四億ほど稼ぐ気はないか？」

「！」

それは、悪魔の囁《ささや》きだった。

第3章
混迷

1

人生最悪の一日だ。

菊島は、田中から送られてきた動画の中の新田を見たとき、そう思った。

この若者は殺される。俺がどんなに頑張ったとしても、こいつを救ってやることはできない。そう思っていた。

俺はそれを、一生後悔し続けることになるだろう、と……。顔には出さないように努めていたが、その思いは確信めいて胸に突き刺さっていた。

だが、新田を救うことに成功した。いまでは人生最良の一日のように感じている。

それは新田を無事に取り戻したという事実以上に、菊島を高揚させるものだった。

自分の能力をフルに発揮して危機を乗り切った。その達成感と自己肯定感、それによる充足感が全身を駆け巡っていた。

これこそが、俺に相応《ふさわ》しい舞台だ。そう感じていた。

「主任、あ、ありがとうございましたッ！」

松永義人のマンションの駐車場で合流すると、新田がマスタングの助手席から飛び出してきた。これまでの経緯は、真樹から聞かされているらしい。

「本当に、なんとお礼を言ったらいいのか……」

その顔からは、生き延びた喜びよりも、自分を救うために菊島が手を染めた数々の違法行為に対する、負い目、が読み取れた。

「気にするな」

菊島は言った。

「お前は、救うに値《あたい》する人間だ」

菊島は本気でそう思っていた。

新田の顔が、くしゃっ、となり、眼に涙が溢《あふ》れた。

新田は、自分が拉致《らち》された際に交渉役として小国ではなく菊島を指名した。それは正しい判断だった。

そして動画の中で助けを求めなかった。死を覚悟していた。その度《たび》に菊島は、ただの新米の小僧だと見ていた己《おのれ》の不明《ふめい》を恥じていたのだ。

菊島は新田の肩に手を置いた。

「シートに転がって休んでろ」

と、捜査車輛を親指で示す。

「いえ、もう大丈夫です」

涙を、ぐい、と袖で拭って新田が言った。大した奴だ。菊島はそう思った。

「澤田は？」

マスタングから降りてきた真樹が言った。

「解放した」

菊島は応えた。

「カムリでどこかへ消えた」

「信じらんねえよ！」

橋本が真樹に言った。

「主任はな、あの澤田の野郎に一千万もくれてやったんだぜ。どんだけ気前がいいんだか……」

それは、澤田が田中たちに発見されないようにするための、逃走資金として渡したものだった。すぐに見つかって殺されたのでは菊島が苦労した意味がなくなる。さらに、カネに困った澤田がつまらない犯罪で検挙される事態を防ぐ意味もあった。

「澤田は、まだ終わっちゃいないと言っていた」

菊島は、解放する前の澤田の言葉を真樹と新田に伝えた。

田中は騙《だま》されたことに気づく。澤田より先に狙われるのは我々だ。我々が埼玉県警武南警察署の捜査員であることは知られているからだ。

真樹と新田の顔が緊張感に包まれた。

「だったら敵が仕掛けてくる前にこっちが連中を襲って、もう四億稼ぐ気はないか、とな……」

「もちろん、拒否したんですよね？」

真樹が言った。

「ああ、だから俺たちはここにいる」

菊島は言った。

「本当に、襲ってきたりするだろうか？」

小国が怯《おび》えの表情を見せた。

「いや、俺はそうは思わん」

菊島は煙草をくわえて火をつけた。

「俺たちはきょうの件を事件化しない。警察が奴らを追うことはない。……その約束が守られている限りはな」

「けど、騙されたことに怒りまくるんじゃないスか？」

　橋本が言った。

「かも知れん。だが、田中は愚かな人間じゃない」

「いやいや、イカレてますって」

「田中は冷静で合理的な考え方をする男だ。カネを手に入れ、警察に追われることがないのなら、怒りに任せて警察官である我々を狙ってくるとは思えない。そんなことをすれば、確実に警察組織を敵に回すことになるんだからな」

「まぁ、そっスね……」

「澤田を見つけ出して、殺そうとはするだろう。だが、俺たちを襲ってもデメリットしかない」

　菊島は全員の顔を見廻して、

「起きてもいないことに怯えるな」

　そう言った。

「だが油断はするな。緊張感のある日々を過ごせ」

　全員が頷く。

「ところで――」

橋本が言った。

「腹ぁ減りませんか?」


菊島は、澤田の誘いを断った。本当に田中たちに狙われるとは思わなかったからであり、もっとカネが欲しいとも思わなかったからだ。

だが、澤田の誘いには強烈に心惹《ひ》かれるものがあった。

自分たちが襲われる、とは露《つゆ》ほども思っていない田中たちを襲撃し、全員を殺す。それでこそ完全なる勝利だ。

澤田と組めばそれができる。そう思った。四億のカネなんてどうだっていい。全部澤田にくれてやる。それよりも菊島は、もっと田中と戦いたかった。

恐怖に顔を歪《ゆが》めた田中に、ありったけの銃弾を叩き込む。そのイメージには、抗《あらが》いがたい誘惑の濃厚な香りがあった。

あれだけの経験をして、このまま終わりたくはなかった。もっと戦いたい。もっと己の能力を発揮したい。田中に絶望を味わわせてやりたい。退屈な日常になんぞ戻りたくはなかった。

そんな誘惑を振り切ることができたのは、それが菊島の発案ではなく、澤田からの誘い、だったからだ。

こんな悪党の口車に乗るわけにはいかない。澤田なんぞを信用できるわけがなかった。こいつは仲間になったフリをして、菊島たちの二億二千万を奪おうとしているのかも知れない。

だから菊島は、退屈な日常、に戻らざるを得なかった。まぁいい。億のカネを手に入れた日常というヤツを味わってみるのも悪くない。そう思っていた。


このマンションを管理している不動産会社に連絡を入れて、担当者が来るのを待つあいだに橋本が買ってきたマクドナルドで遅い朝食を摂《と》る。

真樹は「食欲がない」と言ってアイスコーヒーだけを口にした。小国はソーセージマフィンを一つ食べ終えると、すぐに胃薬を飲んだ。菊島と橋本はよく喰った。新田もよく喰った。三個目にフィレオフィッシュを頬張《ほおば》る新田を見て、やっぱりこいつは大した奴だ、菊島はそう思った。

やがて担当者がマスターキーを手に現れると、捜査車輌に橋本を残して松永の部屋に入る。あきらかに、慌てて逃走した、という印象だった。

寝室のクローゼットの扉は開いたままで、空のハンガーが何個も床に落ちていた。衣装ケースの抽出《ひきだ》しも開いたままだったが、部屋が荒らされたり暴力的に拉致されたことを窺《うかが》わせるような痕跡は見当たらなかった。

大急ぎで着替えをバッグに詰め込んで部屋を飛び出したのだろう。革ジャンの男が言っていたことは、嘘ではなかったのかも知れない。そんな気がしてきた。

松永に、逮捕が迫っていることを悟られてしまったのだろうか。だが、あまりにもタイミングが合いすぎていた。捜査情報が漏れていたんじゃないのか。そう思わざるを得なかった。

マスタングのキーはダイニングテーブルの上に置いておく。橋本は手袋をしていたので車内に指紋を残してはいないし、真樹と新田の指紋はすでに拭き取ってあった。マスタングはずっとこのマンションの駐車場から動いていないことになり、革ジャンの男はどこにも登場しないことになった。今後そのことを気にする人間が現れるとも思えない。

部屋に施錠した不動産会社の社員を帰し、菊島たちは署に引き上げることにした。今後の対応を、上層部と協議するためだ。

けさ出発したときと同じ五人を乗せた捜査車輛は、埼玉県を目指して走り出した。

川口市の中央部に位置する武南警察署に戻る前に、菊島が住むさいたま市大宮《おおみや》区のマンションに寄ることにした。カネが包まれたブルーシートを捜査車輛から下ろしておくためだ。

橋本は官舎の単身寮に住んでいる。結婚の際に民間のマンションに移り、離婚後も住み続けている菊島の部屋に運び込む以外に、置いておく場所はなかった。

「カネの分配については、全員が冷静になったところで改めて考えよう」

マンションの地下駐車場に車が停まると菊島は言った。橋本に眼を向け、

「新田の取り分も考えてやらなきゃならんからな」

「主任がそう言うんなら……」

と、橋本が肩を竦《すく》める。

「僕は、いりません」

新田が言った。

「僕は皆さんに迷惑をかけただけなんで、もらう資格がありません」

「いいじゃねえか、もらっとけ」

橋本が言った。

「お前はあれだけの目に遭《あ》ったんだ。慰謝料ぐれえもらったからってバチが当たりやしねえよ」

「わたしは前に言った通りです」

真樹が言った。

「そのおカネが欲しいとは思いません」

「まぁまぁ、まだみんな興奮が抜け切っていないんだ」

小国が真樹と新田に向かって言った。

「せっかく菊さんが言ってくれてるんだ。落ち着いたところでよく考えてみようや」

その発言に橋本が苦笑を漏らす。

「まぁ、そういうことだ」

菊島は話を終わらせて車から降りた。リアゲートを開け、ブルーシートの塊を両手で担《かつ》ぎ上げるとエレベーターに向かう。真樹が革のボストンバッグを手にそのあとを追った。そのバッグには革ジャンの着衣と靴と押収してあった所持品に加えて、菊島が使ったタウルスと橋本が使ったグロックが入れてある。

「何階ですか？」

「八階」

両手が塞《ふさ》がっている菊島の代わりに真樹がボタンを押した。

扉が閉まり、エレベーターが上昇を始めると、真樹は扉のほうに眼を向けたまま、

「あとで、二人だけで話せませんか？」

そう言った。

2

澤田はカムリで倉庫から走り出すと、東八道路を経由して甲州《こうしゅう》街道に出て、新宿《しんじゅく》に向かった。助手席のシートには、剝《む》き出しの万札の束が十個載っている。

あの場を仕切っていた男、周りから、主任、とか、キクさん、と呼ばれていたあの暗い顔つきの男は、なかなかの野郎だった。

デカなんぞにしとくのはもったいねえ。そう思っていた。あの男を仲間に引き込めなかったのは残念だった。

それは、信頼できる男のように思えたからであり、独りで銃を握った状態で四億の現金を運ぶのは不可能だからだ。

だがまあ仕方がない。断られて当然の話だからだ。もしも逆の立場なら、俺だってそんな誘いに乗るわけがない。そう思った。

疲労と空腹を感じていた。途中で見つけたドトールに立ち寄る。

ホットコーヒーのMとミラノサンドAをテイクアウトして車に戻ると、中身を取り出して空になった手提げの紙袋に一千万を入れ、助手席の足元の床に置いた。

生ハム、ボンレスハム、ボローニャソーセージを挟んだサンドイッチを腹に入れ、コーヒーを飲みながら再び新宿を目指した。


そのマンションは、田中たちにも知られていない澤田の隠れ家だった。質素なワンルームで、家具と呼べそうなものはなにもない。部屋に入るとすぐにエアマットレスに倒れ込んで、三時間ほど仮眠を取ることにした。

昼過ぎにアラームの音で目覚めると、トイレを済ませ、備え付けのミニ冷蔵庫から取り出したペットボトルの水を飲み、トバシの携帯で電話をかける。

「はい」

意外にも、若い男の声が返ってきた。

「ん？　いつもの爺《じい》さんは？」

澤田が訊ねると、

「常連さんですか？　お名前は？」

「福澤《ふくざわ》」

「えー、……ああ、はいはい福澤諭吉郎《ゆきちろう》さまですね？」

「そう」

「前の方は亡《な》くなりました」

「え？　マジか……」

「ご高齢だったんで、脳溢血《のういいっけつ》だか脳梗塞《のうこうそく》だかで去年の暮にポックリ……」

「おたくが爺さんの跡を引き継いだの？」

「オーナーは別の人で、俺はただの雇われ店長です」

「基本、システムは前と同じ？」

「さあ、……前のやり方を知らないんで」

「9ミリが二丁欲しいんだけど」

「ご希望のモデルはありますか？」

「グロックが二丁あるなら……」

「グロックはいま入荷待ちですね。いつまでにご入用《いりよう》です？」

「いますぐ」

「でしたらなにか別のものを……」

「タウルスは？」

「いやいや、ブラジル製の銃なんて俺見たこともないですよ」

「じゃあなにがあんの？」

「ベレッタとシグとＨ《ヘッケラー》＆Ｋ《コック》、あとジェリコもあったかな……」

「二丁あるのは？」

「どれも一丁だけですねー」

「ベレッタは、92ＦＳ？」

「いえ、Ｐx４ですねー」

「シグは、２２６？」

「いえ、３２０ですねー」

「Ｈ＆Ｋは、ＵＳＰ？」

「いえ、ＶＰ９ですねー」

「………」

「ちなみにジェリコは、９４１ですねー」

「見てから選ばせてもらってもいいかい？」

「大丈夫ですよー。他にはなにか？」

「ショットガンある？　できればソウドオフがいいんだけど……」

「水平二連なら、マッドマックスがありますよー」

「いくら？」

「十二番径のバックショット二発つきで四百ですねー」

「高《たけ》えなおい……」

「高いですか？」

「どう考えたって高えだろ」

「俺、相場とか知らないんで……」

「ハンドガンはいくら？」

「一丁につき二百ってとこですねー」

「凄《すげ》え商売してんな、前は四、五十で買えたぞ」

「やっぱアレですかね？　神戸の分裂騒ぎで品薄になってるから……」

「ったく、しょうがねえな……。まぁとりあえずいまから行くから、用意しといて」

「では、午後二時でいいですかー？」

「わかった」

電話を切ると起ち上がり、部屋の隅の半透明の衣装ボックスの蓋を開ける。下着や靴下の下にウィンチェスター製の9ミリ口径の拳銃弾の紙箱が入れてあった。

五十発入りの箱を手に取り、発泡スチロールの台を引き出す。9ミリ・ルガー弾が十数発残っていた。そこから一発を摘《つま》み上げ、ポケットに入れた。

その店は葛飾《かつしか》区の公団住宅にあった。八階建ての大きな建物が何棟も並ぶ、典型的な昭和の団地の姿をしている。

澤田は路上にカムリを駐め、六号棟に入って落書きだらけのエレベーターで七階に上がった。薄汚れた狭くて長い廊下を歩く。埃《ほこり》を被《かぶ》ったような煤《すす》けた鉄の扉が果てしなく続いていた。午後二時ちょうどにインターホンのボタンを押す。

「はい」

電話と同じ若い男の声が応えた。以前の爺さんなら「どうぞ、鍵は開いてるよ」と言ったもんだ。まぁ今度の若い奴と馴染《なじ》みになるまでは仕方がないことだろう。

「福澤だけど」

「少々お待ち下さい」

大して待たされることもなくロックが解除される音がしてドアが開いた。

「お待たせしました。一応、ボディチェックよろしいですか？」

痩せた、二十代後半の貧相な顔つきの男が言った。

「前はそういうのなかったけどな」

「いまはこういう決まりなんで……」

「…………」

澤田は、玄関に入ると壁のほうを向いて両手を挙げた。中は以前ほど汚くはない。今度の奴は、世の中に、掃除、という概念があることを知っているらしい。

最初にここに来たときは、玄関に入った途端に生ゴミの臭いに襲われてゲロを吐きそうになったのを思い出した。あの爺さんは鼻がイカレていたんだろう。

貧相な雇われ店長は、念入りに澤田の体を隅々まで叩き終えると、

「あれ？　購入代金はお持ちになってないんですか？」

怪訝《けげん》な表情で言った。

「ウチは現金オンリーなんですけど……」

「ああ、近くで待機してる友人が持ってる。大金だからな」

澤田は言った。

「買うものが決まって、代金が確定したら届けさせるよ」

「はぁ、……どうぞ」

店長に促《うなが》されて短い廊下の先のリビングルームに入った。以前の粗大ゴミじゃない

応接セットのテーブルの上に、銃器が並べられていた。

「どうぞ」と手で示されたソファーに腰を下ろして銃を眺めた。店長が正面に座り、

「全て新品で、作動は完璧です」

と、自慢げな笑みを浮かべる。

ジェリコはステンレスだった。ベレッタは、フレームはポリマー製だがスライドはステンレスだ。澤田は黒以外の銃が嫌いだった。どこか安っぽく、玩具《おもちゃ》みたいな気がして信頼感に欠ける。

長く所有する人間にとって錆《さ》びないことは重要なポイントなのだろうが、澤田は錆《さび》が出るほど長く銃を持っていた経験がなかった。一度使った銃は捨ててしまうからだ。使わないときに銃を持っていても、いいことはなにもない。

まずはショットガンを手に取った。全長六〇センチほどのコンパクトなモデルだ。

ソウドオフというのは、鋸《のこぎり》で切り落とす、という意味で、強力な散弾銃を服の下に隠し持ったり、片手で発砲できるようにすることを目的に、銃身《バレル》と銃床《ストック》を限界まで短くカットしたもののことだ。

映画「マッドマックス」で使用されて以来、水平二連《ダブルバレル》のこのタイプは一般にマッドマックスと呼ばれるようになっている。

レバーを横にずらしてバレルを折った。横に二つ並ぶ銃腔の穴を覗き込む。オイルの匂いがした。どこにも傷一つなく、新品だという言葉に嘘はないようだ。バレルを元に戻してテーブルに置き、シグを手に取った。弾倉《マガジン》を抜く。当然のことながら弾《たま》は入っていなかった。スライドを引ききって手を離す。小気味のいい金属音が響いた。

「予備弾倉《スペアマガジン》は？」

「一丁に一個つきます」

店長が応えた。

「弾はどうされます？」

「9ミリの五十発入りを二箱と、散弾《ショットシエル》は00《ダブルオー》バックを一箱くれ」

「9ミリは一ケース十万、ショットシェルは三十万になりますけど……」

「はいはい、そんなこったろうよ」

澤田は引き金を絞り、撃鉄を落としたシグに空のマガジンを叩き込んでテーブルに置いた。

「それで、弾はお帰りの際に玄関でお渡しすることになります」

店長が言った。

「銃と弾を一緒にお渡しすると、ボディチェックの意味がなくなっちゃうんで……」

「それは前からそうだったよ」

澤田は次にＨ＆Ｋを手に取った。

「そうしますと、９ミリが二丁とマッドマックスに弾を合わせまして、八百五十万になります」

「しょうがない、払うよ」

そのとき玄関のほうからドアが開く音が聞こえた。

「ん？　次の客かい？」

「………」

店長は、澤田を見つめたまま返事をしなかった。

荒い足音とともに男が二人入ってくる。一人は五十代の小太りの男で、スウェットパーカーの上に黒のベストを着ていた。いまから釣りにでも行くのかな、と思ったが、それはフィッシングベストではなく軍用の防弾ベストだった。

もう一人の男は黒のＴシャツにデニムパンツという服装《いでたち》だが、両腕とも手の甲までびっしりとタトゥーで埋め尽くされている。頭のサイドを極限まで刈り込んだ、地下格闘技にでも参戦していそうなタイプのマッチョな男だ。

「カネはどこだ？」

小太り釣り親父が言った。正面のソファーの店長の隣に腰を下ろす。

「こちらが新しいオーナーかい？」

澤田の問いに店長は応えなかった。

「お友だちに電話しな」

小太り釣り親父はズボンの腹に挿していたリボルバーを抜き出した。

「すぐにカネが届かねえと、痛い目を見ることになるぜ」

タトゥーマッチョマンはソファーの背もたれ越しに澤田の背後に立っている。

「こっちの会話は無線で飛ばしてたってことか……」

澤田は右手に握ったままだったH&Kのスライドを左手で押し下げた。弾が入っていないためスライドは後退したまま止まった。

「弾のねえ銃でなにするつもりだ？」

小太り釣り親父が笑い声を上げる。その右手のリボルバーの銃口は明後日《あさって》のほうを向いた。澤田は口から吐き出した9ミリ弾を左手で受け、H&Kの薬室《チャンバー》に放り込んでスライドストップを下げると同時に引き金を引く。轟音と炎とともに飛び出した銃弾が小太り釣り親父の左眼を破壊して後頭部から鮮血を撒《ま》き散らす。

慌ててチョークスリーパーにいこうとしたタトゥーマッチョマンの色鮮やかな両腕はあっさり空《くう》を切った。澤田は発砲の次の瞬間に前に飛んでいた。

死体の握るリボルバーを摑んで振り返ると、タトゥーマッチョマンが素早く両手を挙げた。だが澤田は容赦しなかった。

顎の下から頭頂部に抜けた銃弾は、天井のどこかにも穴を開けていることだろう。故タトゥーマッチョマンが床に倒れた派手な音がした。

「これが新しいやり方か？」

澤田は店長にリボルバーを向けた。

「し、知らなかったんです……」

店長は、半分死んでいるように見えた。

「な、なにが起きたんです？　ちゃんと、ボディチェックしたのに……」

澤田はカムリを降りるとき9ミリ弾を口の中に放り込んでおいた。頰の内側と奥歯の歯茎で挟《はさ》んでおけば、見た目にも言葉にも違和感がないことは初めて試したときに確認済みだ。

「ちょっとした手品さ」

微笑みを浮かべて店長の眼を見つめる。

「俺には、カネを払わずに商品を持って帰る権利がある。……違うか？」

澤田の言葉に、店長はガクガクと何度も頷いた。

「じゃあ、弾を持ってこい」

そう言って床に膝《ひざ》をつくと、死体の防弾ベストを脱がせ始めた。

「ついでにこいつももらっていこう」

「あ、あの……」

店長が震える声を出した。テーブルの上の銃器に視線を彷徨《さまよ》わせる。

「い、いったい、な、なにをやらかす、つもりなんです？」

澤田がガンマニアの客ではないことを思い知ったのだろう。

「なに、大したことじゃない」

澤田はそう言った。

3

「ありがとうございました」

真樹が言った。初めて入った洋風居酒屋の狭い個室だった。真樹が選んだ店だ。

「なにがだ？」

菊島は乾杯を省《はぶ》いて生ビールのグラスに口をつけた。

「わたしのわがままに応えてくれたことにです」

「あ？」

菊島には意味がわからなかった。

「主任は、危険を覚悟で澤田を殺さないでいてくれた」

真樹は両手で握ったハイボールのグラスを見つめていた。

「新田を救えなくなるばかりか、バレれば主任までが殺されるところでした」

「ああ」

「わたしはいまでも、あのときの自分が間違っていた、とは思いません。仲間を救うためとはいえ人を殺していいはずがないんだから……」

「………」

「でも、あれはわたしのわがままでした。自分ではなんにもできないくせに、新田や主任の命を危険に晒《さら》していただけでした。もし新田が殺されていたら、わたしは自分のことを許せなかったと思います。……それを主任は救ってくれました」

「お前のためにやったんじゃない」

菊島は煙草に火をつけて深く煙を吸い込んだ。

「澤田を殺せば負けだ。そう言われて、俺はそれが正しいと思った。田中に負けたくなかった。それで、転がってる死体を見て閃《ひらめ》いたアイディアを試してみる気になっただけだ」

「なぜ、あんなことができるんです？」

「ん？」

「主任は凄かった。敵との交渉も、そのあとの行動も。普通の人間にできることじゃありませんよ。たとえ優秀な警察官であったとしても……」

「俺が、そういう種類の人間だってことだろう」

菊島は言った。

「田中にも言われたよ。キミは警察官よりも犯罪者に向いてる、ってな……」

「え？　どういうことです？」

「俺が、犯罪者体質だってことだ。犯罪傾向の強い精神構造をしている、と言うべきかな……」

「…………」

「俺は、悪党のように考えることができるし、法の一線を越えるハードルが低い」

「たしかに」

「ガキのころからずっと犯罪に興味があった。映画もドラマも本も犯罪モノばかりを見てきた。そしてその流れで警察官になった」

「まぁ、そういう人は結構いるんじゃないですか？」

「だが、あるとき俺は違和感に気づいた。俺が望んでいた場所はここじゃない。俺は間違った側にいるんじゃないか、ってな……」

「…………」

「事件を捜査して、犯罪者を見る度に、こんなことやってるからパクられるんだ。俺ならもっと上手くやってみせる。そう思ってばかりいた」

「危険ですね」

「俺は二十年の警察官人生でずっと、犯罪が成功するやり方、警察に捕まらない方法を学んできたんだろうな」

「警察官に向いてないですよ」

「知ってる。だがな、警察官から犯罪者への転職、ってのは簡単なことじゃあなくてな……」

菊島は、苦笑いを浮かべてビールを呷《あお》った。

「カウンセリングを受けたほうがいいですよ」

「もう受けた」

「なんて？」

「転職を勧められた」

「でしょうね」

「犯罪と無縁の仕事を探すべきなんだそうだ。……そんなもの、俺に向いてるわけがない」

「………」

しばしの沈黙が続いた。やがて真樹が言った。

「これから、どうするんです？」

「さぁな……」

菊島はグラスの残りを飲み干した。真樹はテーブルの端のコールボタンを押して、ハイボールを一気に飲む。飲み物のお替わりを頼んで、それが届くまで二人は黙ったままだった。

「……で、お前はどうなんだ？」

店のスタッフが下がると、菊島が口を開いた。

「なにがです？」

真樹が二杯目のハイボールに口をつける。

「何事もなかったかのように、デカを続けられるのか？」

「…………」

真樹はさらにハイボールを呷った。菊島は黙ってそれを見ていた。

「わたしはね……」

真樹が菊島に眼を向ける。

「男社会の警察組織の中で、ずっと戦ってきました」

「…………」

「主任は、その男社会の代表みたいなもんです。ずっと、見下されているのを感じていました。女ごときになにができる？　いざというとき役にも立たねえくせに、ってね……」

「まぁ、間違っちゃいない」

「わたしは、こんな男に負けたくない、ずっとそう思っていました。漸《ようや》く階級で並ぶところまできて、本部の一課にも呼ばれました。これでもう、主任なんかわたしの敵じゃない、そう思えるところまできたんです」

「ああ」

「女でも立派にデカとして通用することを証明してやる。それがわたしの夢でした」

「そうか」

「だけどきょう、わたしは怯えて、武器も持ってない被疑者を撃ちました。そのあとも、わたしはなにもできなかった。いざというとき、なんの役にも立たなかった」

またハイボールを呷る。

「主任は凄かった。こんな人に敵《かな》うわけがない。……そう思い知らされました」

「お前は警察官に向いていて、俺は犯罪者に向いていた。それだけのことだ」

「………」

真樹が喉《のど》を反《そ》らしてグラスを傾け、グラスを干した。今度は菊島がコールボタンを押す。スタッフが入ってくるまでに、菊島のグラスも空になっていた。

「わたしが、主任と二人きりでお酒を飲むときがくるなんてね……」

真樹の口元に笑みが零《こぼ》れた。

「ああ、信じられんな」

菊島はそう応えた。戸惑っていた。真樹の態度に、いままで見せたことのない親密さを感じていたからだ。

「主任は、女を見下してたわけじゃなかったんですよね？」

「そんなふうに考えたことは一度もない」

「自分以外の、全ての警察官を見下していたんでしょ？」

「全てじゃないが、……ほぼ全て、ってとこかな」

「フッ」

真樹が笑顔を見せた。菊島も笑みを浮かべた。

「俺は、新田のこともお前のことも、見誤《みあやま》っていた。きょう、それがわかった」

「わたしも？」

驚いた顔で真樹が身を乗り出す。

「お前は正しかった。お前がいなければ俺は田中に負けていた。お前のお蔭だ」

「なんか、わたしに気ぃ遣ってません？」

「いや、本当にそう思ってる」

菊島は真樹のほうを見ずにそう言って、灰皿に煙草の灰を落とした。

「ちょっと、酒が旨《うま》く感じてきちゃったな……」

真樹が大きくグラスを傾ける。そして唇を離すと、ふう、と息を吐いた。

「…………」

不思議な感覚だった。ずっと不快な奴だと思っていた真樹が、突如として魅力ある人物に変貌していた。真樹を女として見ているのかどうかはわからない。だがきょう一日で、真樹の強さも弱さも、正しさも間違いも見た。そう思った。

おそらく真樹は、己《おのれ》のミスで人を死なせてしまったことが大きく心にのしかかってきているのだろう。独りになって、そのことと向き合う事態を恐れているのではないか。だからそういうことを気に病むことのない菊島を、真樹に同情も慰《なぐさ》めも与えないであろう菊島を、必要としたのではないか。そんな気がした。

「わたしは、どうすればいいんですかね？」

真樹が言った。真っ直ぐに菊島を見ていた。

「人を殺しておいて、なんの罰を受けることもなく、のうのうと警察官続けてていいもんなんですかね?」

「お前が決めることだ」

「ですよね……」

真樹はうなだれて、ため息をついた。

「どうせそう言うと思ってましたよ。主任はわたしのことなんかこれっぽっちも関心がないんだから……」

「きょう、新田の命を救ったのは俺だ」

「え?　ええ、もちろん」

「だが、澤田の命を救ったのはお前だ」

「いえ、それも主任が……」

「お前はあくまでも、澤田を殺すな、という主張を曲げなかった。そうじゃなきゃ、俺か橋本が澤田を殺してた」

「……………」

「お前はきょう、一人の人間の命を奪い、一人の人間の命を救った。それでチャラになるなんてことは言わんが、忘れていいことでもない」

「でも……」

「俺は慰めてるんじゃない。事実を言ってるだけだ」

「………」

「もしこれが、お前の身に起きたことじゃなく、誰か別の、お前と同じ志《こころざし》を持った女性捜査員の身に起きたことだったとしたら、お前はそいつに、なんと言葉をかけてやるんだ？」

「！」

真樹が眼を大きく見開いた。

「その言葉が、冷静なときのお前の考えだ」

「………」

真樹は、息をするのも忘れたかのように菊島を見ていた。

「本気で、その言葉と向き合ってから決めろ」

「………」

真樹が長く息を吐き出す。そして言った。

「……見かけによらず、優しいんですね」

「あ？　俺はお前の愚かさを指摘しただけだ」

必要以上にぶっきらぼうな声が出てしまった。それを、照れ隠しだと受け取られてしまったらしい。真樹が、フッ、と笑みを漏らした。

そのとき菊島のスマホが鳴り出した。画面を見ると橋本からの着信だった。

「どうした？」

「ニュース見ました？」

橋本の声に緊張が窺えた。

「いや、なんだ？」

「先ほど、都内で銃撃事件が発生しました。複数の死者が出てます」

「ん？　それがどうした？」

「澤田が、田中たちを襲ったんじゃないですかね？」

「！」

菊島の息が止まった。

4

元々は、澤田の仕事だった。

澤田は、どこかから仕入れてきた情報を検討し、時間をかけて調査し、計画を練り上げた。そして、かつて組んだことがある中井を誘い準備を進めていた。中井は過去に金属加工工場に勤めていた男で、金庫を破壊する斬新な技術を開発していた。

田中は、田中の仕事のために中井に声をかけた。断られた。いま別の仕事が進行中だ、それが終わったら連絡するよ、そう言われた。

どうせチャチな仕事《ヤマ》だろう、そっちを降りて、こっちをやれ、田中はそう言った。

いやいや、めったにねえデカいヤマだ、たぶん俺の人生で最大のヤマになる、降りるわけにゃいかねえな、中井はそう言った。田中はそのヤマに興味をそそられた。

中井を捕まえ、半ば脅《おど》し上げて計画を聞き出した。急成長している不動産投資会社の創業者が、脱税した裏金を現金で溜め込んでいた。

自分が準備していたヤマが、ちっぽけに思えてくるようなヤマだった。田中は澤田の仕事に割り込むことにした。

澤田は激怒した。当然のことだ。だが結局は、田中たちを受け入れざるを得なかった。拒絶したところで妨害されるか、横取りされるか、警察《サツ》に密告《チンコロ》されるかのどれかしかない。それを避けるためには田中たちを皆殺しにするしかなかった。そのリスクを秤《はかり》にかければ、受け入れる以外の選択肢はなかった。

田中は獲物の分配に関して澤田に配慮した。全体の半分を澤田が取る。残りの半分を田中たちと中井の四人で分ける。それで一応澤田は納得した。

田中は、仕事が終わり次第そんな約束は覆《くつがえ》すつもりだった。そうでなければわざわざ他人の仕事に介入する意味がない。もし澤田が逆らうようなら殺せばいい。そう思っていた。だが動いたのは澤田のほうが早かった。澤田は情報を漏らした中井にも激怒していた。獲物の独り占めを図《はか》った。それに気づいて阻止しようと動いた中井を撃ち、カネを載せた車で逃走した。

田中はそういう事態に備え、GPSを仕込んだダミーの札束を奪ったカネに忍ばせておいた。追跡は楽だった。だが、追いついたときにはそこに警察がいた。管轄外の埼玉県警が。

田中にはツキがあった。警察官の中に、人質を救うためなら法律を無視できる男がいた。人質はカネが取り戻せても取り戻せなくても殺すつもりだったが、菊島というデカは抜け目なく交渉してきた。結果、人質を返してカネの七割を取り戻し、澤田は死んだ。田中は満足していた。

「澤田じゃありません」

坊主頭の大男の梁《ヤン》がそう言ったとき、田中は耳を疑った。

奥多摩の山の中だった。頭を覆《おお》っていたTシャツを剝《は》ぎ取られた死体は、ひと目で澤田ではないことがわかった。髪の毛が澤田よりかなり長い。顔は射出孔の大きな穴が開き滅茶苦茶になっているが、横幅が広くエラが張っていた。韓国人俳優のような二枚目の澤田とは似ても似つかなかった。

どういうことだ？

田中は、澤田が生きているという事実よりも、なぜ菊島がこんなことをしたのか、そのことのほうに衝撃を受けていた。

あの状況で、なぜこんなことをする必要がある？　そもそも、この死体は誰なんだ？　菊島は、澤田ではなく別の誰かを殺している。なぜだ？　田中にわかるわけがなかった。

死体の衣服を脱がせた。胸の真ん中を正面から銃で撃たれている。おそらく即死に近かったはずだ。別の人間を殺してまで、澤田を生かしておきたい理由があるとでもいうのか。

菊島は澤田をどうするつもりなのか。田中たちを追うために澤田から情報を得ようとしているのか。いや、そんなはずはない。そんなことをすれば、自《みずか》らの殺人が発覚することになる。そんなリスクを冒《おか》してまでも、人質を無事に返した田中たちに執着するとは思えない。

ともかく死体の処分を済ませることにした。全裸にした二つの死体を未舗装の狭い山道から下の斜面に蹴り落とす。穴を掘って埋める必要もなかった。すぐに猛禽類や獣に喰い荒らされて骨になる。この辺りは筍《たけのこ》掘りや山菜採りで人が足を踏み入れることのないエリアだった。

ハイエースは、そこから十数キロ離れた場所で谷底に落とした。車内の指紋は拭き取ってある。髭面の西田《にしだ》がハンドルを握ったレネゲードは、三人の男と四億の現金を積んで山を下った。

とりあえず澤田は問題ではなかった。独りで田中たちを襲ってカネを奪おうなどと考えるほど愚かだとは思えない。

澤田という男はプロの泥棒《バーグラー》であり、田中たちは武装強盗団《ラバーズ》だからだ。それよりも、田中たちに見つかって殺されることに怯えて、ひたすら身を隠そうとするのではないか。すでに東京を離れているかも知れない。そう思った。

問題は菊島だった。全く意図が読めない。警察組織を動かすとは思えないが、このまま終わらせるつもりはない、ということなのか。

無事に人質を取り戻し、二億数千万を手に入れた菊島も満足しているものと思っていた。だが田中が、

「キミとはまたどこかで顔を合わせそうな気がするよ」

そう言ったとき、

「そのときは、どちらかが死ぬときだ」

菊島はそう言った。そして、別の死体で田中を欺《あざむ》いていた。そこにはどんな意図があるのか。田中はその謎を解明せずにはいられない気持ちになっていた。

武蔵野市との境界に近い三鷹市牟礼《むれ》のアジトに戻ったのは、陽《ひ》も暮れかかったころだった。三台の車が駐められるプレハブ小屋がついた、古ぼけた一軒家だ。かつては農家が所有していた家で、プレハブ小屋は農機具置き場と、出荷の際の野菜の箱詰め

などに使われていた。やがて周辺の農地がマンションに変わり、いまではそこだけがポツンと時代に取り残されたように見える。その家を短期の賃貸契約で借りていた。

西田が小屋の前にレネゲードを停め、後部座席のヤンがシャッターを上げるために車を降りて小屋に向かう。そのとき小屋の陰から男が一人出てきた。助手席の田中は腹に挿したグロックを摑んだ。

「なんだ?」

ヤンが男に声をかける。

「あ、あの、猫が……」

痩せた、貧相な顔つきの若い男が言った。手にドトールの紙袋を提げていた。

「ウチの猫が逃げ出しちゃってー、追っかけてきたんですけど、この辺りで見失ってしまってー……」

「とにかくシャッター開けろ」

運転席の窓から顔を出した西田がヤンに声を投げた瞬間、馬鹿デカい銃声が轟《とどろ》く。西田の頭が吹き飛んだ。肩より上がなくなっていた。田中は助手席のドアを飛び出し地面に這《は》った。

澤田だ。そう確信した。散弾銃《ショットガン》で狙われている。田中は迂闊《うかつ》に動けなかった。

「ぎゃぁ――――――――――ッ！」

絶叫を上げて貧相な男が駆け出した。小屋の陰からヤンが二発撃った。蹴飛ばされたように男が倒れた。その銃声に向けてショットガンが火を吹く。小屋の外壁の破片が飛び散った。

田中はレネゲードの後部座席のドアを開け、ポンプアクションのレミントンを摑んだ。派手にフォアエンドの操作音を響かせる。こちらもショットガンを手にしたことを澤田に知らせるためだった。素早く起ち上がると、ウインドウを通して澤田の姿を捜した。

そのとき運転席のドアが開く音がした。田中は助手席の窓越しにレミントンを撃った。ガラスが吹き飛び、首のない死体から血飛沫《しぶき》が舞う。その死体の脇から突き出された拳銃が立て続けに火を吹いた。田中は身を屈《かが》めるしかなかった。

フォアエンドを操作し次弾を薬室に送り込むと、車体の下を覗き込んで澤田の足を捜す。澤田はタイヤの陰に屈んでいた。そこに西田の死体が落ちてくる。

車を奪われる！　田中は開いたままの後部座席のドアからレミントンを突っ込んで運転席に散弾を撃ち込んだ。凄まじい音が反響し、背もたれに九個の穴が開く。エンジンが唸った。フォアエンドを操作して次弾を装塡する。車が動き出した。

慌てて後部座席のダッフルバッグを摑む。バッグを一つ引き摺り下ろすのがやっとだった。

小屋を掠《かす》めるように走り出したレネゲードに向けてレミントンを撃つ。リアゲートのガラスが吹き飛んだ。すぐにフォアエンドを操作する。レネゲードが停まった。

運転席の窓から、ソウドオフの水平二連《ダブルバレル》が突き出された。カネが詰まったダッフルバッグを楯にした田中は、片手でレミントンをレネゲードに向けていた。

飛び出してきたヤンがグロックを撃つ。立て続けの銃声が響き渡った。レネゲードのボディーから火花が飛び、ガラスが砕け散った。ヤンは撃ち続けた。

レネゲードが動き出した。田中はタイヤに向けてレミントンを撃った。レネゲードは植込みに突っ込んで強引に向きを変えると、スピードを上げて走り去った。田中はダッフルバッグを離して起ち上がる。西田を殺され、二億のカネを奪われた。澤田を逃がすわけにはいかなかった。

「車を出せ！」

ヤンに向かって怒鳴る。ヤンはホールドオープンしたグロックを構えたまま呆然としていた。十七発装弾してあった拳銃を撃ち尽くしていた。慌ててスライドを戻したグロックを腹に挿し、小屋のシャッターに駆け寄る。

散弾の何粒かはタイヤに当たっているはずだ。レネゲードはそう長くは走れない。追いついて澤田を殺し、二億を取り戻す。そう思っていた。そのとき気づいた。

澤田は長く走る必要はなかった。このすぐ近くに車を駐めているはずだ。そこまで走ってカネを載せ替えて走り去る。それまでに発見できなければアウトだ。どんな車に乗り換えたのかすらわからないのなら探しようもなかった。

無理だ。田中は絶望感に襲われた。澤田が車を乗り換えるのは、コインパーキングかも知れないし、狭い路地かも知れない。とても間に合うとは思えなかった。

辺りには濃密な血と硝煙の匂いが漂っていた。貧相な若い男は、後頭部と背中に弾を喰らって死んでいる。その死体の周りには、ドトールの紙袋から飛び出した万札の束が散らばっていた。

多額の報酬に目が眩《くら》んで手伝ったのだろうが、最初から殺され要員として傭《やと》われていたことにも気づかずに死んでいった間抜けな男だ。そう思った。

小屋からバックでシルバーのクラウンが走り出てきた。田中の前で停まる。田中はトランクを開け、ダッフルバッグとレミントンを放り込むと小屋の中に走り込んだ。

もうじき銃声を聞いた近所の住民の通報を受けて警察がやってくる。その前にここから立ち去らなければならない。死体を積み込む余裕はなかった。

家の中にも小屋の中にも、身元を辿《たど》られるようなものはなにも置いていない。賃貸関係の書類も全て偽名を使っていた。小屋の中を見廻し、持っていく必要のあるものを探した。奥の作業台の上の、散弾の箱と9ミリ弾の箱を掴んだ。他にはなにも思いつかなかった。遠くでパトカーのサイレンが聞こえた。小屋を走り出て、クラウンの助手席に乗った。

「出せ」

ヤンに言った。ヤンはバックのまま表に車を出した。切り返すため尻を左に振って一時停止したとき、門柱の陰から人が起ち上がるのが見えた。黒の防弾ベストを着ている。澤田だ！　田中は慌てて頭を下げた。

ショットガンの銃声とともにフロントガラスの半分が白く濁《にご》った。グロックを抜き頭を下げたままで撃ち返す。パトカーのサイレンが近づいてきていた。もう走り出すしかなかった。

「出せッ！」

大声で言った。ヤンがアクセルを踏み込み、車が勢いよく走り出す。

もう一度ショットガンの銃声が響いた。リアガラスが吹き飛んだのがわかる。ドアミラーを覗いたが澤田の姿はどこにも見えなかった。

クラウンは裏道を縫《ぬ》うように走った。

フロントガラスが擂《す》り鉢《ばち》状に窪《くぼ》み、リアガラスは飛散して僅《わず》かに破片を残すのみとなっている。ボディーにも多くの弾痕があるはずだ。さらに、澤田がこの車のことを警察に通報しているに違いなかった。こんな車で長く走り続けるわけにはいかない。

だが、パトカーが集結しつつある地域から少しでも遠ざかりたかった。そのうえで車を捨ててどこかに潜むか、安全な車に乗り換えて逃走を続けるかを選択しなければならない。

サイレンの音はすぐ近くまで来ていた。細い通りの前方にパトカーが入ってくるのが見えた。ヤンは右にハンドルを切り、脇の道に入った。スピードを上げて駆け抜ける。パトカーが追ってくるのがわかった。ヤンはさらにアクセルを踏み込んだ。

御殿山《ごてんやま》通りに出ると、そこでも前方からパトカーが迫っていた。ヤンは信号を無視して強引に右折した。井の頭恩賜《おんし》公園と、井の頭自然文化園のあいだの吉祥寺《きちじょうじ》通りに並ぶ車列を横目に、バス専用レーンを突っ走る。

この先の井ノ頭通りを越えれば、パルコや東急デパートが建ち並ぶ吉祥寺のメイン通りだ。そこで車を捨てて人混みに紛《まぎ》れるしかない。そう思った。

だが、ＪＲの高架下の交番の脇にはパトカーが停まっていた。

「どうします?」

ヤンが言った。顔が蒼褪《あおざ》めている。

「左だ」

田中は言った。どうするのが正解なのかなんてわかるわけがなかった。

井ノ頭通りを左折した途端、前方から迫ってくるパトランプの明滅が見えた。周囲の全ての方向からサイレンが鳴り響いていた。

「そこに入れ!」

田中は怒鳴った。〈ドットパーク吉祥寺〉の看板が上がっているパーキングビルを指差す。ヤンは右にハンドルを切り、対向車の列を強引に突っ切った。

激しいクラクションの叫びがサイレンと交錯して周囲に木霊《こだま》した。

5

「どうしたんです？」

　真樹が言った。電話を切った菊島の様子で異変を察したようだ。

「ニュースサイトを見ろ。都内の銃撃事件だ」

　菊島の言葉に、素早く真樹がスマホを取り出す。菊島もスマホのニュースアプリを立ち上げた。トップにその記事が上がっていた。

　三鷹市牟礼の民家で激しい銃撃戦が発生した模様。現場に駆けつけた警察官は二体の成人男性の遺体を発見した。一人の遺体は頭部がなくなっていた。もう一人の遺体は拳銃で複数箇所を撃たれていた。現場に拳銃と散弾銃の空薬莢が多数残されていたことから、首のない遺体は至近距離から散弾銃で撃たれたものと見られている。

　さらに現場には多額の現金が散乱していたことから、犯罪組織による抗争との見方も視野に、警視庁は現場から逃走したと見られる車輛の捜索に全力を上げている。

「澤田、でしょうか？」

真樹の顔が強張っていた。

「わからん」

そう応えたものの菊島は、澤田が田中たちを襲ったに違いない、そう思っていた。銃撃戦には散弾銃が使われている。きょう菊島は散弾銃を見ていた。田中の仲間の髭面の男が、新田の頭に散弾銃を向けていた。同じ日に、偶々《たまたま》無関係な散弾銃による事件が起きたとは思えなかった。

そうだとすると、首のない死体というのは澤田なのか。拳銃で襲った澤田が、髭面の男に散弾銃で返り討ちにされたということなのか。もう一つの死体は田中なのか。それとも坊主頭の大男のほうなのだろうか。

都内全域に、警視庁による徹底した大包囲網が敷かれているはずだ。おそらく生き延びた連中も逃げ遂《おお》せることはできないだろう。

逮捕されたとき、奴らは菊島たちとの出来事まで供述するだろうか。

田中なら、全てに黙秘を貫くはずだ。だが、他の奴らは全面自供に追い込まれるのではないか。これだけの事件だ。警視庁は事件の全容解明まで手を緩《ゆる》めることはないだろう。

そうなれば菊島の逮捕も避けられない。いまのうちに、部屋に置いてあるあのカネを持って姿を消すべきなんじゃないのか。そんな考えが菊島の頭を過《よぎ》った。

菊島のスマホが鳴り出した。小国係長からだった。

「いまどこだ？」

小国の声にも緊迫感が表れていた。

「居酒屋で一杯やってます」

菊島はそう応えた。小国からの電話を訝《いぶか》しんでいた。

「なんです？」

「いまから吉祥寺に行ってもらうことになった」

「は？」

「警視庁からの要請だ。すぐに菊島巡査部長を寄越してくれ、と……」

「なんで吉祥寺なんです？」

「詳しいことはわからん。とにかく緊急事態だそうだ」

「もう結構飲んでるんで、運転できませんよ」

「いや、署に戻ってくれ。私も同行する」

「わかりました」

電話を切る。なぜ警視庁に呼ばれるのか。その意味がわからなかった。すぐに真樹のスマホが鳴り出す。

「係長からです」

そう言ってから電話に出る。

「はい真樹です。……ええ、……はい、すぐ行きます」

電話を切り、

「すぐに署に戻れ、とのことです」

「俺は警視庁に呼ばれてる。吉祥寺だそうだ」

「三鷹の現場と近いですね」

「ああ」

菊島は椅子から起ち上がった。


真樹と二人でタクシーを降り、武南署に駆け込んだ。正面玄関の前には捜査車輛のアルファードが横づけされていた。その脇に小国と橋本と新田が立っている。

「全員ですか？」

菊島は小国に訊ねた。

「とにかく乗ってくれ。走りながら話す」

ハンドルは橋本が握ることになった。助手席には真樹が、二列目に小国と菊島が、三列目に新田が座った。屋根にパトランプを載せ、サイレンを鳴らして走り出す。

「漸《ようや》く情報が入ってきた」

小国が言った。

「吉祥寺のパーキングビルで、人質立て籠《こ》もり事件が発生した」

「えっ⁉」

真樹が声を漏らす。そのあと車内は沈黙に包まれた。

三鷹の現場から逃走した車輌は警視庁のＰＣに追跡され逃げ場を失い、パーキングビルで人質を取って立て籠もった、ということか。

「警視庁捜査一課特殊犯捜査係が、現場付近に前線指揮所を設置して交渉に当たっているそうだ」

小国が話を続けた。当然の話だった。

なのになぜ埼玉県警の捜査員が現場に呼ばれなければならないのか。菊島は、不吉な予感に鼓動が速くなるのを感じた。

「犯人の要求は……」

小国が菊島を見た。

「埼玉県警の菊島巡査部長を呼べ、だそうだ」

「！」

田中だ！　菊島は確信した。それ以外に考えられなかった。

「これは、菊さんだけの問題じゃない。我々全員にとっての、重大な問題だ。だからみんなにも来てもらった」

「田中ですよね？　そんなことするのは」

橋本が言った。

「主任を呼び出して、殺そうってんじゃ……」

「違うわ」

真樹が声を上げる。

「けさの件で主任の力量を認めた田中が、交渉相手として主任を指名した。そういうことよ」

それがどちらであるにせよ、菊島は追い詰められていた。

「人質は？」

菊島は小国に訊ねた。

「四人。それ以上のことはわからん」

小国はそう言って、深いため息をついた。

菊島が犯人の要求に応じなければ、人質が殺される。要求に応じるまで一人ずつ。田中なら容赦なくそうするだろうと思った。そして、あくまでも菊島が応じなければ小国を、小国も応じなければ真樹を呼ぶだろう。真樹が、人質を犠牲にするとは思えない。真樹は行く。それなら菊島が行かない理由はなかった。

「とにかく、行ってみるしかない」

菊島は言った。そのあとは誰も口を開かなかった。

だが、しばらくすると菊島のスマホが沈黙を破った。画面には〈新田〉と表示されている。心臓が激しく胸を打った。電話に出る。

「なんだ?」

緊張が声に出ていないことを祈った。

「状況は飲み込めてるか?」

田中の声だった。朝よりも、険しさを感じさせる声だった。

「ああ、いま吉祥寺に向かってる」

「キミの責任だ」

田中の声が険しさを増した。

「キミが私との約束通りに澤田を殺していれば、こんなことにはなっていない」

「澤田はなにをしたんだ？」

「私の仲間に髭面の男がいただろう？　西田という男だ。彼は澤田にショットガンで頭を吹き飛ばされて死んだ」

「…………」

「奴は西田を殺して二億のカネを奪ったばかりか、私たちの逃走用の車に目立つ損傷を負わせて警察に通報した」

ということは、澤田は死んではいないということか。

「私たちはどこにも逃げられず、人質を取って立て籠もるしかなくなった」

「…………」

「澤田さえ死んでいれば、我々はお互いに満足してけさの出来事を忘れることができた。だが、キミが約束を破ったせいで二人の人間が死に、四人が人質になっている」

「……で、俺を呼びつけてどうする気だ？　騙された腹いせに殺そうってのか？」

「そんなことはしない。それは菊島くんの無駄遣いというものだ」

微かに田中が笑ったように聞こえた。

「あ？」

「キミには、私たち二人をここから脱出させてもらう」

「無理だ」

「いや菊島くん、キミにならできる。……できないとは言わせない」

「………」

「けさのキミの人質を救い出す手腕には感服した。今度も人質を救って見せろ」

「どうやって？」

「それはキミが考えることだ。人質の問題だけじゃない。もしも私たちが逮捕されれば、キミの殺人も、二億三千万を稼いだことも明るみに出ることになるんだぞ」

「ああ」

「本来ならばキミは、私たちが逮捕される事態に怯えて、神経をすり減らしながらも管轄外の事件に介入することは許されず、ただ指をくわえて見てるしかない立場だ。それを、双方の共通の利害のためにキミの能力を発揮できるチャンスを与えてやっているんだ」

「たしかに、俺たちとそっちの利害は一致してるな……」

「だったら、全力で人質を救出しろ。早くしないと人質の数が減ることになるぞ」

「ああ、やってみよう」

「ただし、これだけはしっかりと覚えといてもらおう。今度騙す相手は私じゃない。警視庁だ」

「…………」

「私たちを殺して口を封じようなどとは考えんことだ。私を甘く見るなよ」

「わかってる」

「じゃあ、現場で会おう」

電話が切れた。

「田中なんですね？」

真樹が声を上げる。菊島は後ろの新田を振り返り、

「お前はいま、携帯を持ってないんだったな」

「ええ」

新田が訝しげに応える。

「さっきも、シゲさんと一緒にいなけりゃ来れてなかったです」

「じゃあ、これはお前が持ってろ。俺は現場にはなにも持って行けんからな」

菊島は自分のスマホを新田に手渡し、四桁のパスワードを伝えた。

「で？　どうしろと言ってるんだ？」

小国が言った。菊島は小国に向き直り、

「澤田が田中たちを襲った。一人殺して二億奪ってる。そして警察に田中たちを追わせた。田中は逃げ切れないと悟り人質を取った」

「わたしのせいですね」

真樹が言った。

「わたしが、澤田を殺すことに反対したから……」

「そんなことはどうだっていい。田中は俺に、警視庁の包囲から逃がせ、と要求してきた」

「不可能だ……」

小国が声を漏らした。

「だが、人質の命が懸《か》かってる。それに、このままでは俺たちの罪も裁かれることになる。やってみるしかない」

菊島は言った。

「どうやって？」

真樹が真っ直ぐに菊島を見つめた。

「わからん。……だが、田中たちの代わりに俺が警視庁と交渉すればいいだけのことだ。相手は人殺しの悪党じゃない。案外、けさよりは楽かも知れん」

菊島の口元に、微かな笑みが浮かんでいた。

6

規制線で停車を命じられた埼玉県警の捜査車輛から小国と菊島の二人が降り、制服警官の誘導でマスコミ取材陣の群れを割って前線指揮所に向かった。

そこはJR吉祥寺駅の駅ビルを出てすぐの場所だった。井ノ頭通りと吉祥寺通りの交差点からは僅かな距離だ。

事件現場のパーキングビルは井ノ頭通りに面していて、右側はすぐJRの高架下、左側には調理師専門学校があり、前線指揮所は井ノ頭通りを挟んでパーキングビルの正面に設置されていた。

吉祥寺駅御殿山自転車駐輪場と、アトレ吉祥寺とタイムズの提携駐車場に挟まれた〈武蔵野市消防団第三分団〉の標示が掲げられた車庫の敷地を借り上げている。

小国と菊島が近づいていくと、簡易テーブルに拡げられた図面を睨んでいた男が顔を上げた。

「なんだ？」

荒々しい声を投げつけてくる。四十代半ばの大柄なスーツ姿の男だ。

「埼玉県警武南警察署強行犯の係長を拝命しております、小国です」

その言葉に、周囲の捜査員たちが手を止めてこっちを見た。

「ってことは、菊島ってのはそっちか？」

男が菊島を指差す。菊島は頷きを返し、

「そちらは？」

「警視庁捜査一課特殊犯捜査、管理官の杉崎《すぎさき》だ。こっちに来い」

男が言った。どうやらこの男が前線指揮所の責任者のようだ。管理官ということは階級は警視。巡査部長の菊島が職務中に死亡し、二階級特進してもまだ届かない位の人物だ。菊島はテーブルを挟んで杉崎の正面に立った。

杉崎の背後にある車庫のシャッターは開いていて、中には移動現場指揮車と捜査用資器材搬送車が駐められていた。通常そこにあるはずの消防車は、どこか別の場所に移動させられたらしい。

「犯人とはどういう繋《つな》がりだ？」

杉崎が菊島に向かって言った。

「犯人って、誰です？」

菊島はそう応えた。杉崎は菊島を睨み据え、

「お前が知ってるんじゃないのか？」

「知りませんよ。自分らが扱ってる犯罪者ってのは、家族を殺したり仲間を半殺しにしたりする程度の連中なんでね」

「じゃあなんで犯人は、お前を呼べ、と要求してくるんだ？」

「犯人に直接訊いたらどうです？」

「もう訊いた。だが答えない。だからお前に訊いてるんだ」

杉崎は苛立《いらだ》ちを隠さなかった。菊島も苛立ちを隠さなかった。

「まぁ向こうは俺を知ってるんだろうが、俺に心当たりはないね」

「なんだその態度は？　お前、これがどういう事態かわかってんのか⁉」

杉崎が声を荒げる。

「四人の家族が、小学四年生の女の子と小学二年生の男の子を含む四人の民間人が、銃を持った男たちの人質になってるんだぞ！」

「だったらそっちの態度はどうなんだ？」

菊島は言った。

「俺は警視庁から協力の要請を受けてやってきたんだ。初対面の野郎にお前呼ばわりされる覚えはねえな」

「なんだとこの野郎ッ！」

脇にいた厳つい捜査員が怒鳴り声を上げる。

「埼玉の所轄がなに様のつもりだ⁉」

「なんだ文句あんのか⁉」

菊島はその捜査員に眼を向けた。埼玉県警のことも所轄の捜査員のことも見下している野郎に遠慮はいらない。

「だったら俺は帰るぞ。いいんだなそれで？　人質が死んだらあんたらの責任だ。俺じゃない」

捜査員が息を飲む。

「菊島を逮捕しろ」

杉崎がその捜査員に言った。

「逮捕⁉」

小国が声を上げる。

「なんの容疑で？」

「菊島は、籠城《ろうじょう》犯と共謀し、捜査を攪乱《かくらん》している疑いがある」

杉崎が言った。

「じゃあ逮捕状を持ってこい」

菊島は背を向けて歩き出した。その背中を杉崎の声が追ってくる。

「聴取中に逃亡を図《はか》ったため、緊急逮捕だ」

菊島は足を止め、振り返った。

「面白い。パクってみろ。それで犯人がどう出るか、見てみようじゃないか」

菊島の口元には笑みが浮かんでいた。

「まぁまぁ管理官、落ち着いて……」

奥のテーブルにいた五十代後半と思しき古株が出てきて、杉崎の背中を叩く。

「いまは内輪揉《も》めしてる場合じゃない」

杉崎は無言で頷き、椅子に腰を下ろした。

「さぁさぁ菊島くんも、とりあえずそこの椅子に座って下さい」

菊島も、無言で椅子を引き寄せて腰を下ろす。

「おい、菊島くんと、こちらの係長さんにコーヒー」

古株が奥に向かって声を投げた。若手の捜査員が動き出す。

「私は、特殊犯捜査二係の係長をやらせてもらってる佐竹《さたけ》です」

古株が言った。

本部の係長なら階級は警部だ。杉崎より下で、小国より上だった。

「小国くん、でしたかな？　あなたもそこに座って」

小国が空いている椅子に座った。四人でテーブルを囲んでいた。

「あなた方は、まだ着いたばかりでなにもわかっちゃいないだろうから、まず私からざっと状況を説明させてもらいます」

佐竹が言った。そこにコーヒーが届いたが、誰も手を出さなかった。

「籠城犯は二人。拳銃と散弾銃で武装していることは、追跡していたPCの乗務員による目視と、ファイバースコープの映像から確認済みだ。現場の各所にコンクリートマイクを仕込んではいるものの、車内でのみ会話しているとみえて音声は一切拾えていない」

佐竹の説明によると、籠城犯はパーキングビルの三階に駐車しようとしていた車を発見し、その車の鼻先に自分たちの車を横づけして逃げられないようにして銃で制圧した。追跡してきたPCに向けて散弾銃を発砲し、子供の頭に拳銃を突きつけたためPCは退却せざるを得なかった。

人質の携帯電話を使用して一一〇番に電話をかけ犯人だと名乗り、話がしたければこの携帯にかけてこい、と言った。

「杉崎管理官が電話をかけると、『一時間以内に、埼玉県警の菊島巡査部長を連れてこい。一時間を過ぎたら人質を一人殺す』と言ってきた。そして、この画像を送ってきた」

佐竹はテーブルの上のノートパソコンに画像を表示して、菊島と小国に向けた。車の後部座席で、四人の家族が散弾銃を突きつけられている。三十代前半に見える夫婦と、小学生の女の子と男の子。その顔は一様に恐怖に歪んでいた。

「見ての通り、あの建物には窓らしい窓がない」

佐竹が通りの向かい側のパーキングビルを指差す。

「正面と、その反対側の壁面にある開口部には金属製のルーバーが嵌《はま》っていて、内部を窺い知ることはできない。建物の側面には明り取りの窓があるが、全面磨《す》りガラスの小さなもので、外部からの狙撃も窓からの強行突入も不可能だ。そしてこの図面を見ればわかるように、籠城犯と人質はフロアの一番奥、スロープからもエレベーターからも階段からも最も遠い位置にいる。開けた広い空間を挟んでいるため、閃光弾も効果がない」

図面の、赤のマーカーで×印がつけられた場所を人差し指で叩いた。

「しかも犯人は、人質とともに車の中にいる。二階と四階のフロアには完全武装した突入部隊が待機しているが、現状では彼らに活躍のチャンスがあるとは思えない」

そもそも日本の警察は、海外の警察とは違って武力による解決を嫌う。

昭和の時代に発生した「三菱銀行人質事件」や「瀬戸内シージャック事件」などを教訓に、狙撃による犯人の死亡、という決着を避け、あくまでも粘り強い説得による解決を目指す傾向にあった。近年の同種の事件における強行突入も、そのほとんどが犯人の自殺や人質が全員解放されたりといった、危機的状況が鎮静化した後の突入であることを菊島は知っていた。

「一時間というと、もう……」

小国が腕時計を覗《のぞ》いて言った。そのとき携帯電話の着信音が鳴り出した。

杉崎が目の前のスマホを手に取ると、周囲の捜査員たちがヘッドホンやイヤホンを装着した。険しい顔で杉崎が電話に出る。

「杉崎だ」

「時間だ。人質を殺していいか？」

田中の声が、テーブルの上の小さなスピーカーからも流れた。

「待ってくれ。菊島巡査部長は、いまこちらに向かっている。もうまもなく到着するはずだ。あと少しだけ、猶予《ゆうよ》をもらえないだろうか……」

「杉崎くん、キミは嘘が下手だな」

「嘘など言ってない」

「それも返しが早すぎる。嘘をついている人間特有の反応だ」

「いや……」

「本当は、もうそこに菊島くんがいるんだろ？」

「菊島が到着したらどのようにすればいいのかを教えてくれ。この電話で話をするのか？　それとも、そっちに行かせればいいのか？」

「フッ、杉崎くん、キミの緊張はわかりやすいな」

「………」

「キミはマニュアルに縛られすぎだぞ。私が、人質を殺す、と言っているのにキミは平気で嘘をつく。これでは信頼関係など築《きず》きようがないな……」

「いや、待ってくれ」

「ではこうしよう。北風と太陽の喩《たと》えだ。いまから五分以内に菊島くんを私のところに寄越せば、人質を一人解放しようじゃないか」

「えっ？　ほ、本当か？」

杉崎が安堵《あんど》の表情を見せた。

「ああ、私は嘘は言わない。特別に杉崎くんに選ばせてあげよう。解放するのは女の子と男の子の、どっちがいい？」

「それはやはり歳が下の……」

「男の子だな？　では、五分以内に菊島くんがここに来なければ、男の子を殺す」

「！」

杉崎が凍りつく。

「なにも間違ってはいないだろ？　五分以内に菊島くんが来れば男の子を解放する。来なければ男の子を殺す」

「…………」

「キミが選んだせいで男の子が死ぬ。せいぜい急ぐことだ」

電話が切れた。スマホを放り出した杉崎は、

「そのシャツを脱げ」

菊島のポロシャツを指差す。

「ワイヤレスを仕込む。お前さんと犯人との遣り取りを把握しなきゃならんからな」

「断る。そんなもんつけて行って、バレたら俺が殺される」

菊島は言った。

「そうかな？　犯人とグルだから、会話を聞かれたくないんじゃないのか？」

杉崎は嘲《あざけ》りの笑みを浮かべた。菊島が起ち上がる。

「だったらお前がマイクつけて俺と一緒に来い！」

二人は睨み合った。やがて杉崎が言った。

「もういい。行け」

菊島はウインドブレーカーを脱いでテーブルに置いた。その上にポケットから取り出したものを載せていく。それが終わると警察バッジをズボンのベルトに挿した。

「俺の持ち物は新田に預けといてくれ」

小国にそう言って歩き出す。

「頑張ってくれ」

小国の声が追ってくる。菊島は、軽く片手を挙げてそれに応えた。

この付近は道路が封鎖されているため一台の車も走っていなかった。複数の投光器からの光に照らされて、異様に明るい井ノ頭通りを渡る。周囲には夥《おびただ》しい数のＰＣが駐まっていた。頭上からのヘリのローター音が喧《やかま》しい。

黒の半袖ポロシャツにベージュのチノパン、茶のエンジニアブーツという姿の菊島は、両手を高く挙げてパーキングビルに足を踏み入れた。

第4章

混戦

１

歩行者用の通路をゆっくりと歩いた。

菊島が両手を挙げているのは田中たちに向けてではなかった。興奮している現場の警察官が、近づいてくる人間に過剰な反応をしないようにさせるためだった。

前方のエレベーターホールに二人の男が立っていた。一人は耳にイヤホンを挿したスーツ姿の捜査員で、もう一人は全身黒尽《ず》くめの姿をしたＳＩＴの隊員だ。

ＳＩＴとは本来、捜査《S》・一課《I》・特殊《T》犯のローマ字表記の頭文字なのだが、いつしかスペ《S》シャル・イン《I》ベスティゲーション・チー《T》ムの意味で使われるようになっている。

透明なフェイスガードつきのヘルメットを被り、背中に〈ＰＯＬＩＣＥ〉の文字が入った防弾衣を装着して、肩からスリングで吊ったＨ＆ＫのＭＰ５ＳＦＫを手にしていた。本来は短機関銃《サブマシンガン》であるＭＰ５からフルオート機構を排除した、セミオート射撃のみが可能なモデルであるため機関拳銃《マシンピストル》と称されているものだ。

「埼玉県警の菊島巡査部長ですね？」

スーツ姿の捜査員の言葉に頷きを返すと、

「上からの指示で、体を改めさせてもらいます」

そう無表情に言った。菊島はズボンのポケットに唯一残しておいた煙草と使い捨てライターを取り出し捜査員に手渡す。じっくりとチェックされてから返されたそれらを持ったまま、菊島は両手を肩の高さに挙げた。捜査員が全身を細かく叩いていく。

「結構です。こちらへ……」

捜査員に従って階段室のドアを抜け、靴音が響く金属製の階段を上がっていくと、二階から先には完全武装のＳＩＴの隊員が伏せた状態で列を作っていた。

その脇を、捜査員のあとを追って通り過ぎる。三階に着くと捜査員がドアを開けて菊島を送り出した。

「では」

の声とともに、背後で金属製のドアが閉まる重い音が響いた。

菊島は図面に×印がつけられていた場所に向かって歩き出す。奥の壁沿いに車首をこちらに向けて並んでいる列の中央辺りに、シルバーのセダンが横向きに駐められていた。田中たちと人質は、そのセダンで隠されている車の中にいるのだろう。

菊島が近づいていくと、セダンのトランクの上に散弾銃の銃身が現れ、その銃口が菊島に向けられる。

菊島は両手を挙げ、さらに歩き続けた。銃の奥に、僅《わず》かに坊主頭が見て取れた。

「菊島くん、手は下ろしていいぞ」

田中の声が響いた。セダンの後部座席の窓は開いていた。その奥の暗がりに田中が座っているのが見えた。

菊島は両手を下ろしてセダンに歩み寄る。そのクラウンは、リアガラスのほとんどがなくなっていた。

「乗ってくれ」

声に従って後部座席に乗り込み、田中と並んで座った。フロントガラスは左半分が細かな罅《ひび》で白く濁《にご》り、大きく窪《くぼ》んでいるのがわかった。菊島は窓を閉めた。田中との会話をコンクリートマイクで拾われるわけにはいかない。

「念のため、ボディチェックをさせてもらうよ」

田中が言った。

「キミが馬鹿な真似をするとは思わんが、想定外のことをする男だってことも知っているんでね……」

「ポケットには煙草とライターしか入ってない」

菊島はそう言って両手を天井につけた。

「たったいま、警視庁のデカにもやられたばかりだ」

「なるほど」

田中は菊島の全身を軽く叩くと、あっさりとボディチェックを終えた。

「警視庁の杉崎は、俺が犯人とグルじゃないかと疑ってる」

菊島は煙草をくわえて火をつけた。

「好きなように思わせておけ」

田中が薄笑いを浮かべる。

「……で、キミはこの状況をどう見る？」

「上手いやり方だ。場所も人質も申し分ない。警察には打つ手がない」

菊島は言った。

「だが警察のやり方は……」

田中が言った。

「この膠着《こうちゃく》状態をただひたすら長引かせ、情に訴えて人質の解放を迫り、犯人が投降するか自殺するのを待つ。……そうだろう？」

「ああ、そうだ」

「そんなことにつき合ってるほど私は暇《ひま》じゃないんだ」

「俺もだ。いまから数時間以内に脱出させる」

「どうやって？」

「ヘリを要求する」

「…………」

田中が怪訝《けげん》な顔で菊島を見つめた。

「心配するな。そんなものは使わない。用意させるだけだ」

菊島は言った。

「海外の事件や映画ではよく使われる手だが、それで上手くいった、というケースは聞いたことがない」

「私もだ」

「どうせ警察は、このビルにヘリは降ろせない、近くのどこそこにヘリを用意させているが、それには少し時間がかかる、なんてことを言ってくる」

「ああ」

「警察とそんな遣り取りをしてるあいだに、こちらは別の準備を進める」

「どんな？」

「それはおいおい話す」

「まずは、男の子の解放ってことかな？」

「ああ、警察がこちらの要求を飲んだら、すぐに見返りを渡す。そうやって、警察が要求を飲みやすい関係性を作る」

「キミを信用していいんだな？」

「信用できないなら、なぜ俺を呼んだ？」

「それもそうだな、キミの言う通りにしよう」

「電話は自分でかけるか？　それとも俺が？」

「キミだ。そのためにキミを呼んだと思わせよう」

「わかった。電話をくれ」

田中が人質家族の父親のものと思しきスマホを取り出し、四桁のパスワードを打ち込んでから菊島に手渡す。菊島は電話のアプリを開き、履歴のトップにある未登録の番号にかけた。

「杉崎だ」

「菊島だ。いまから人質の男の子を解放する」

「そちらの状況は？」

「必要以外のことはしゃべるなと言われてる」

「…………」

「俺が階段室のドアまで男の子を連れて行く。そこでそちらの捜査員に引き渡す」

「了解した」

菊島は電話を切った。

「じゃあ、男の子を渡してくる」

田中にそう言って車を降り、煙草を捨ててクラウンの後ろを廻り込む。駐車されている車と車のあいだに散弾銃を構えた坊主頭の大男が屈《かが》んでいた。その銃口が菊島に向けられる。菊島はそれを無視して、人質家族が乗っている白のプリウスに近づいていった。

四人とも後部座席に座っていた。父親と母親がそれぞれ一人ずつ子供を抱いて肩を寄せ合っている。近づいてくる菊島を見つめて怯《おび》えた表情を浮かべていた。

「私は警察官です。まずは、男の子から解放されます」

菊島は、後部座席のドアを少しだけ開けて声をかけた。安堵《あんど》の表情を浮かべた母親が、抱いていた男の子を差し出す。菊島はその子を抱きかかえ、

「じきに他の方々も解放されます。もうしばらく辛抱して下さい」

そう言ってドアを閉め、坊主頭を見る。坊主頭は散弾銃の銃口を下げ、黙って道を空けた。菊島は男の子を抱いたまま階段室に向かって歩き出す。

「心配はいらない。すぐお父さんやお母さんやお姉ちゃんと会える」

男の子に言った。男の子はしっかりと頷いた。

エレベーターホールに辿《たど》り着いた途端、階段室のドアが細目に開いた。ファイバースコープの映像をモニタリングしていたのだろう。菊島が近づくとドアが大きく開いて先ほどのスーツ姿の捜査員が両手を広げた。菊島が手渡した男の子を背後の人物にリレーすると、

「状況は?」

「人質が危害を加えられた様子はない。手足を縛られてもいないし猿轡《さるぐつわ》もない。家族揃って自分たちの車、白のプリウスの後部座席に乗っている。人質としては落ち着いている状態だ」

「犯人は?」

「一人はプリウスの脇でポンプ式の散弾銃を手にしている。もう一人の、主犯格の男はクラウンの後部座席に乗っている。二人とも、どう見ても素人《しろうと》じゃない。銃の扱い

も警戒の仕方も、実に堂《どう》に入《い》ったものだ」

「犯人の目的は？」

「この場から逃走する。それだけのようだ」

「わかった。頑張ってくれ」

菊島が頷くと静かにドアが閉まった。踵《きびす》を返してクラウンに戻る。

「ヘリにしろ車にしろ、このまま人質を連れての逃走を警視庁が受け入れるとは思えない」

後部座席に座ると菊島は言った。

「ん？　人質を連れずに逃走するなんてあり得ないぞ。また追跡されて、包囲されるだけだ」

田中が言った。菊島は頷き、

「だが、民間人の人質とともに行方を眩《くら》ませられる、という事態を容認できるわけがない。後日人質が遺体で発見される、なんてのは悪夢でしかないからな」

「人質を殺す、と脅してもか？」

「ああ、たとえ人質を危険に晒《さら》してでも、断固として阻止しようとするだろう」

「じゃあ、実際に一人殺してみようか？　こちらの要求に従わざるを得んだろう」

「いや、それだと尚更《なおさら》、そんな危険な犯人を人質とともに解き放つことはできない、ということになるぞ」

「そうかな？　では試してみよう。NO《ノー》と言えるもんなら言ってみろ、とな」

「NOとは言わない。警察の対応は常に、YES《イエス》、BUT《バット》だ。わかった、言う通りにする、しかしそれには上の許可がいる、少し時間をくれ、と……」

「上だって、応じざるを得ないはずだ」

「上ってのは官僚だぞ。警視庁の刑事部長も警視総監も、警察庁という役所から出向してる役人なんだ。現場の空気なんかわかっちゃいない。だから絶対に許可しない。許可を出した人間は、必ずあとで責任を問われるからだ」

「だったら官僚はどうしろと？」

「現場に丸投げだ。絶対に犯人を逃がすな、包囲を解いてはならない。これ以上人質を殺させるな、説得しろ、人質と逃げる以外の要求ならなんでもくれてやれ」

「それならもう一人殺す」

「そうなったら強行突入だ。人質が全員殺されるとしても、それ以外にもう選択肢はない。強行突入は現場の判断でやれるからな」

「では、どうすればいいと言うんだ？」

「唯一の可能性は、現場の指揮官を人質にすることだ」

「ほう、杉崎か……。面白い」

田中が笑みを浮かべる。

「自分の命が懸《か》かっていれば、上にお伺《うかが》いを立てたりはしない。封鎖を解け、追跡はするな、と命令することができる」

菊島は言った。

「だが、それを実現させるのは簡単なことじゃない」

「代わりに人質を一人解放する、と言えば来るんじゃないのか？」

「来ない。別の捜査員は差し出せても、指揮官は人質にはならない」

「なぜだ？　キミが来たことで男の子が解放された。今度は、杉崎が来れば女の子が解放されるとなれば拒否はできないと思うがね」

「それで杉崎が来るとすれば、それは指揮官ではなくなった杉崎が、人質要員として来るだけだ。そして別の人間が指揮を執《と》る」

「………」

「杉崎を、指揮官のままでここに来させるというのは、数々の段取りを踏んだうえでタイミングの勝負になる」

「なるほど」

「どうにかして、指揮官がここに来ざるを得ないところまで持っていく」

「どんな段取りだね？」

「具体的に決めてるわけじゃない。状況を見ながら、柔軟に対応していくしかない」

「最初の一手は？」

「ヘリを要求する」

「いいだろう。キミのお手並み拝見だ」

田中が警視庁との通話用のスマホを差し出す。菊島はそれを受け取り、先ほど見たパスワードを打ち込んで電話をかけた。

「杉崎だ」

「菊島だ。犯人の目的はここからの脱出だ。逃走用に、ヘリコプターを用意しろ、と言ってる」

「だったら、ヘリを用意する代わりに人質を解放しろ、と伝えろ」

「ヘリが用意できたら一人解放する、と言ってる」

「ヘリを用意するには上の許可を取りつけなければならんし、操縦士も志願者を募《つの》らなければならない」

「ああ」

「さらに、そのビルの屋上には現在も十数台の駐車車輌があってスペースが取れないし、封鎖している井ノ頭通りにも送電線の影響で着陸させることはできない。ヘリを待機させる場所の選定と許可取りも必要になる」

「で？」

「だからそれなりの時間がかかってしまう。こちらは誠実に要求に応えるべく努力をするから、現段階で一人、人質を解放してほしい、そう言うんだ」

「その手のことならすでに言った。応えは変わらない」

「ならばせめて、人質の交換を提案しろ。子供と女性の代わりに警視庁の人間を人質に出す」

「わかった。そう伝えてみる」

菊島は電話を切った。

杉崎からその言葉を引き出せたことに、微かな手応えを感じていた。

2

「なんだって？」

田中が言った。

「人質の交換を求めてる。子供と女性の代わりに警察官を人質にしろ、ってな」

菊島は応えた。フン、と田中は鼻で笑った。

「それに応じて、こちらになんのメリットがある？　警視庁を喜ばせるだけだ」

菊島は煙草をくわえて火をつけた。

「いや、応じてもらう」

「あ？　なんのために？」

「警視庁を喜ばせるためにだ」

「…………」

田中は怪訝な眼で菊島を見ていた。

「杉崎にとって、事態は望ましい方向に進んでいる、そう思わせたい」

　菊島は言った。田中は首を横に振り、

「警視庁の捜査員を受け入れるわけにはいかない。格段にリスクが高まる」

「だったらどうする？」

　菊島は田中の眼を見つめた。ハッ、と田中が眼を見開く。

「キミの仲間か？」

「ああ、けさの現場にいた仲間が俺と一緒に来てる」

「なるほど、こんな状況を招いた責任を有する面々だな」

「新田も来てるが、あいつは勘弁してやってくれ」

「もちろんだ。彼にはなんの罪もないからな。それに、一日に二度も人質にするのはさすがに私も気が咎《とが》めるよ」

　田中が苦笑いを浮かべた。菊島は頷き、

「新田には、別の役目を与える」

「悪くはない考えだが、人質としてはずいぶんと価値が下がるような気がするな」

「そうかな？　あんただって、罪もない若い夫婦や子供を殺したくはないだろ？」

「たしかに、罪のある警察官のほうが殺しやすいのは間違いない」

「そして俺は、見ず知らずの家族よりもずっと、仲間を死なせたくないと思ってる」

「なるほど、理《り》に適《かな》った話だ」

「俺の仲間たちは全員、あんたらが無事に逃げてくれることを願ってる。自分たちの今後のためにな。そして、ここを出てからの逃走の役に立つ連中だ」

「いいだろう。だが、それを警視庁は受け入れるのか？」

「受け入れさせる」

菊島は、手にしたままのスマホを持ち上げ電話をかけた。

「杉崎だ」

「菊島だ。人質の交換を持ちかけたが、拒否された」

「理由は？」

「警視庁の人間は、人質としての価値がない、と言ってる」

「お前、ちゃんと説得したのか⁉」

「した。だったら埼玉県警ならいいのか、と言った」

「なに？」

「俺の仲間が一緒に来てる。三人差し出すから、現在の人質家族と交換してくれ、と懇願《こんがん》した。犯人は、それなら受け入れてもいい、と言ってる」

「え？」

「これで民間人の人質は全員解放される。あんたの手柄だ。了承してもらえるな？」

「ダメだ！　それはできない。警視庁管内の事案に、これ以上埼玉県警の手を借りるわけにはいかん」

「ウチの小国はまだそこにいるのか？」

「いる。この会話を聞いている」

「小国が志願したことにしろ。管轄の枠を越えて、人質を救出するために協力を申し出た、ってことにすれば問題はないはずだ」

「いや、しかし……」

「人質家族の全員が解放されるんだぞ⁉　それを拒絶して、この先もしも人質の身になにかあったら、あんたは責任を取れるのか⁉」

「な、なんとか警視庁の人間で、というわけにはいかんのか？」

「だったらお前がここに来て、直接犯人を説得してみろ！」

電話を切った。

「相変わらず強気の交渉だな」

田中が言った。

「最近、もっとしんどい交渉を経験してるんでね」

菊島はそう応えた。

「フッ、人生どんな経験も、無駄ではないってことだな」

田中が楽しそうに笑みを浮かべた。

「さて、敵はどう出るかな……」

「民間人の人質全員の解放という餌《えさ》に、喰いつかないわけがない」

菊島は窓を少し下げ、短くなった煙草を投げ捨てた。菊島の手の中のスマホが鳴り出す。たったいまかけた番号が表示されていた。

「菊島だ」

「杉崎だ。小国警部補が協力を申し出た。我々はそれを受け入れることにした」

「わかった。小国に替わってくれ」

「小国だ」

「橋本と真樹を連れて、こっちに来てくれ。マイクもGPSもなしだ。どんなに巧妙に隠しても必ず発見されるし、発見されたら殺される」

「ああ」

「小細工をしなければ危険はない。いいな？」

「わかった。杉崎管理官に替わる」

「杉崎だ。どういう手順で進めるんだ？」

「ウチの三人が三階の階段室に着いたら電話をくれ。先に女の子と母親を引き渡す。そうしたら三人を入れてくれ。そのあとで父親を渡す」

「了解した。引き続き、よろしく頼む」

杉崎が意外な言葉を口にした。菊島は電話を切った。

「いまのところ、キミの思い通りに進んでいるな」

田中が言った。

「この先もそうなる」

菊島はそう応えた。

「フッ、頼もしい男だなキミは……」

田中が笑顔を見せた。

「代わりの人質が来るまで、しばらく待たされることになるな。いまのうちに、キミに訊ねたいことがある」

「なんだ？」

「澤田の身代わりの死体だ。あれはなんだ？」

「澤田が乗っていたハイエースに出くわす前に、俺たちが逮捕した被疑者だ」

「ん？」

「澤田はいきなり発砲してきた。俺たちは応戦した。その隙《すき》に、その被疑者が逃走を図《はか》った」

「ほう」

「銃声を聞いて、外にいた捜査員が倉庫に飛び込もうとしたとき、そいつと鉢《はち》合わせした。恐怖に駆られた捜査員が発砲し、そいつは死んだ」

「それは厄介な事態だな」

「そこに、あんたから電話がかかってきた」

「なるほど、その件の隠蔽《いんぺい》に私たちが利用された、ということか……」

「新たに人殺しをするよりも、すでにある死体を有効活用しただけだ」

「キミは面白いな……」

田中が笑い出した。

「まさか、そんなことが理由だったとは……」

「俺だって、やりたくてやったわけじゃない」

「だが、そのせいで新田くんの命が危険になるとは思わなかったのか？」

「思った。だがチームにはいろんな考えの奴がいる。一人の考えだけで押し通すのは難しい」

「たしかに、警察官であれば尚《なお》のことだろうな」

「もういいか？」

「ああ、納得したよ」

「じゃあ、新田の携帯で俺の携帯に電話してくれ」

「ん？」

田中は怪訝な顔をしながらもスマホを取り出すと、パスワードを打ち込んで電話をかける。菊島は田中の手元を覗き込んで、六桁のパスワードを覚えた。

「……おお、新田くんか」

田中が親しげな声を出した。

「けさ方は苦労をかけてすまなかった。菊島くんに替わるよ」

スマホを菊島に差し出す。

「新田、俺だ」

「はい」

緊張した声が応えた。

「小国は戻ってきたか？」

「はい、いま三人で現場に向かいました」

「小国と橋本と真樹は、いまから人質になる」

「ええ……」

「心配するな。俺に任せろ」

「………」

「お前はすぐにそのアルファードで俺のマンションに向かってくれ。八〇四だ。鍵は俺の私物の中にある。場所はわかるな？」

「たぶん、大丈夫です」

「わからなくなったら、そのスマホの〈設定〉の個人情報を見ろ。昼間ブルーシートと一緒に運び込んだ、革のボストンを取ってきてくれ」

「はい」

「戻ってきたら、この近くの警察がいない場所で待機してろ」

「了解しました」

菊島は電話を切り、スマホを田中に渡した。

「なにやら着々と準備を進めてるようだが……」

田中が言った。

「もう少し私にも、情報を与えてくれてもいいんじゃないか？」

「ここを出れば、追跡されなかったとしても車種もナンバーも映像で押さえられる。すぐに監視カメラやＮシステムで捕捉されてしまう。乗り替える車が必要だ」

「たしかに」

「新田に取りに行かせたバッグの中に、ある男の自宅マンションの合鍵が入ってる。その部屋の中には、そいつの車のキーがある。そしてそいつは車を盗まれても文句を言わない」

「その先は？」

「警視庁に気づかれる前に東久留米《ひがしくるめ》辺りから新座《にいざ》市に入る。ここからなら大した距離じゃない。埼玉に入ってしまえばもうこっちのもんだ」

菊島の口元に微かな笑みが浮かぶ。

「警視庁は追ってこれないし、要請を受けた埼玉県警の裏をかくなんてのは楽勝だ」

「なるほど、だがキミたちのテリトリーに踏み込むのは、少し恐ろしい気がするな」

「こっちは人質を取られてるんだ。なにも手出しはできんよ。他の警察官を動員することもできない。あんたらを逮捕させないためにやってるんだからな」

「それもそうだな」

「あんたらのお望みの通りに逃がしてやろう。群馬《ぐんま》でも栃木《とちぎ》でも茨城《いばらき》でも千葉《ちば》でも、好きなところに向かえばいい」

「悪くないな。いや、さすがは菊島くんだ」

田中が満足げな笑みを浮かべた。

「俺は全力であんたらを逃がす。だが、一つだけ覚えておいてもらおう」

菊島は言った。

「俺が必要なくなったら殺す、なんて考えは捨てろ」

「………………」

田中の笑みが消えた。

「俺を殺して、他の人質も全員殺しても、新田は残る。あいつにはなんの罪もない。恐れるものなどなにもないんだ。全ての警察が全力であんたらを追うことになるぞ」

菊島は無表情に田中の眼を見つめていた。

「フッ、さすがは菊島くんだ」

田中は戯《おど》けたように肩を竦《すく》め、両手を開いて見せる。

「肝《きも》に銘《めい》じておこう」

そのとき、菊島の手の中のスマホが鳴り出した。

「菊島だ」

「杉崎だ。埼玉県警の三名が三階に到着した」

「わかった。すぐに人質を連れて行く」

菊島は電話を切った。

3

小国と橋本、真樹の三人は、解放された家族に代わってプリウスに乗せられた。後部座席に小国と真樹が座り、橋本は助手席に座っている。すでにボディチェックも行われ、全員がなにも隠し持っていないことは確認済みだ。

「悪いな、みんな」

菊島は運転席に乗り込むとドアを閉め、全ての窓が閉まっているのを確認してから言った。

「だが危険はない。俺たちを殺しても、奴らにメリットはないからな」

「心配はしてません」

真樹が言った。

「主任を信頼してますから」

「ああ、それにこっちでどうなっているのかわからないまま蚊帳《かや》の外に置かれて気を揉《も》むよりも、ここにいるほうがずっとマシだ」

　小国が言った。

「で、どうするんです？」

　橋本が菊島に訊ねる。

「本当にヘリで逃がすんですか？」

「いや、それはダミーだ。別のプランがある」

　菊島は言った。

「いま新田を俺のマンションに向かわせてる。革のボストンを取りに行かせた」

「えっ？　拳銃ですか？」

　橋本が声を潜《ひそ》める。菊島は首を横に振り、

「いや、松永のマンションのキーだ」

「マスタングを使うんですね？」

　真樹が言った。

「ああ、あれに乗り替えて埼玉に向かう」

「しかし、警視庁は封鎖を解かないぞ」

　小国が言った。

「もう民間人の人質もいない。ひたすら持久戦に持ち込むはずだ」

「俺に考えがある」

菊島は具体的なことは言わなかった。真樹に反対されたくなかったからだ。

「全ては、それが上手くいくかどうかに懸かってる」

「田中は、信用できるんでしょうか？」

真樹が言った。

「最終的に、主任を無事に解放するのか……」

「それは俺の問題だ。俺が対処する」

菊島は言った。

「とにかく俺たちは田中たちとは戦わない。奴らを逃がすことに全力を傾注《けいちゅう》する。俺たちの戦いは、俺たち全員が生きて帰ることだ」

それを聞いた三人は、無言で頷きを返した。

「じゃあ、しばらくのんびりしててくれ」

菊島はプリウスを降りてクラウンに向かった。

「どうだね、お仲間の様子は？」

後部座席に乗り込むと田中が言った。

「いまのところ冷静に対応してる」

菊島は応えた。

「少なくとも怯えてる奴はいない」

「フッ、立派なものだな。やはり、朝の経験のお蔭《かげ》かな？」

「ああ、あんたらを敵だとは思っちゃいない。新田を無事に返してくれたあんたらに対して責任を果たすのは当然だ、と考えているようだ」

「いいね。そういう関係性のまま、笑顔で別れたいものだ」

「ああ」

だが、おそらくそうはならないだろう、菊島はそう感じていた。

「ところで、キミはこの先どうするんだ？」

田中が笑顔で言った。

「ん？」

意味がわからなかった。

「この件が片づいたあと、キミは警察官の日常に戻れるのかね？」

「俺は、近々監察官室の査問を受けることになっている」

「ほう」

「捜査手法の違法性が問題視されてる」

「なるほど、いかにもありそうなことだな」

「なんらかの処分は免《まぬか》れないだろう」

「馘首《クビ》になりそうなのか？」

「公務員だから、そう簡単にクビにはならんだろうが……」

菊島は煙草をくわえて火をつけた。

「運転免許試験場や警察学校に回される可能性はあるな」

「それじゃ菊島くんの無駄遣いだ」

田中が、またその言葉を使った。

「どうだね、いっそのこと警察を辞めて、こっちに来ないか？」

「あ？」

菊島は振り返って田中を見た。田中は笑顔のままだった。

「私はきょう、一人仲間を失った。キミなら喜んで迎え入れるよ」

「…………」

それが本心なのか、それとも菊島を油断させるためにそう言っているだけなのか、菊島には判断できなかった。

「まぁ、じっくり考えてみてくれ」

田中が言った。

「ああ、考えてみる」

菊島はそう応えた。そしてスマホを取り出し前線指揮所に電話をかけた。

「杉崎だ」

「菊島だ。ヘリの用意の進捗《しんちょく》状況は？」

「いつでもこちらに向かえる状態にはなっているが、降りる場所が決定していない」

「なぜ？」

「現段階では、ここから直線距離で四〇〇メートルくらいの地点にある、武蔵野市立井之頭《いのかしら》小学校のグラウンドが第一候補だ。使用許可を得るために学校関係者に連絡を取っているが、まだ校長が捉《つか》まらない」

「だったら市長に許可を取れ」

「その働きかけもやってる。とにかくもう少し待て」

「犯人は、いまから一時間後に人質を一人殺す、と言ってる」

「なに⁉」

「そろそろ、警視庁の目を覚まさせてやる頃合いだそうだ」

「ふざけるな！　こっちは必死でやってるんだぞ！」

「その言葉を、犯人に伝えていいのか？」

「…………」

「こっちの状況は切迫してる。目に見える結果を出せ」

電話を切った。

「キミのせいで、どんどん私のイメージが悪くなるな」

田中が楽しそうに言った。菊島は、指に挟んだままの煙草を深く吸い込む。

「これぐらいは言っとかないと、俺が怠《なま》けてる、とあんたに思われそうだからな」

「で？　警視庁はなにをしてる？」

「この近くの小学校にヘリを用意するつもりのようだ」

「なるほど」

「学校のグラウンドなら送電線の問題もないし、この時間なら生徒もいない。民間の施設よりは許可も取りやすいんだろう」

「そして、狙撃もしやすい」

「ああ」

「屋上にスナイパーを並べて、ヘリに乗り込もうとする犯人の頭を撃ち抜く。高さといい幅の広さといい、小学校の校舎ぐらい狙撃に向いてる建物もないだろうからな」

「おそらく、その現場にはSIT《シット》ではなくSAT《サット》が配備されるはずだ」

SATとは、スペシャル《S》・アサルト《A》・チーム《T》の頭文字で、警視庁警備部に所属する特殊急襲部隊のことだ。刑事部のSITと違い捜査をしない警備部のSATは、武器を所持した危険な犯人の射殺を躊躇《ためら》わない部隊だと言われていた。

埼玉県警警備部にも同様の特殊部隊は存在している。機動隊第一中隊で編成されるRATS《ラッツ》（ライアット《R》・アンド《A》・タクティクス《T》・スクワッド《S》）と呼ばれる、機動戦術部隊だ。

「我々は、ヘリなど望んじゃいないからいいようなものの――」

田中は相変わらず楽しげだった。

「本当にヘリを必要としてる犯人だったら、対処に頭を悩ませるところだな」

「俺たちは、本当にヘリを必要としてると思わせなきゃならない」

菊島は窓を下げて煙草を投げ捨てると、太腿《ふともも》の上のスマホを手に取った。グーグルマップを開く。現在地周辺の地図が表示された。

拡大して横に移動させると、すぐに井之頭小学校が見えた。南側に武蔵野税務署が接しているのがわかった。さらに拡大して、表示を航空写真に切り替える。

小学校の校舎の屋上の大半は太陽光パネルで覆われているが、狙撃手を配置するのには充分なスペースが残されていた。菊島は、田中にスマホの画面を見せた。

「隣の税務署からも狙いやすそうだ」

「たしかに。……さすがに警視庁も抜かりがないな」

田中が笑顔で言った。

「どうする？　場所を替えさせるのか？」

「いや、それだと敵に、より多くの時間を与えるだけだ」

菊島はマップのアプリを閉じ、電話をかける。

「杉崎だ」

「菊島だ。グーグルマップで小学校を確認した」

「使用許可は取れた。まもなくヘリが到着する。人質には手を出すなと伝えてくれ」

「犯人は、狙撃を警戒してる。グラウンドのどこにヘリが降りたとしても、校舎か、税務署の建物かの、どちらかからは絶好の的になる」

「そんなことはしない。約束する」

「絶対にない、と断言できるのか？　嘘をつくと人質が死ぬぞ」

「いや、それはあくまで最終手段であって、我々はそういうやり方を望んでいない」

「捜査一課はそうかも知れんが、警備部もそうだと言えるのか？」

「…………」

「安全な場所にいるあんたとは違って、こっちは目の前に、自分か仲間の死、がぶら下がっているんだぞ。わかってるのか？」

「ああ、充分理解しているつもりだ」

「犯人は、ヘリが到着したらブルーシートで完全に覆い隠せ、と言ってる」

「あ？」

「そして、ありったけの投光器を税務署の壁面と屋上に向けろ、とのことだ」

強烈な光を向けられるとスナイパーライフルのスコープは役に立たなくなる。こうしておけば警戒するのは校舎側だけで済む。

「こちら側の車は、校舎からはヘリが遮蔽物《しゃへいぶつ》になる位置に駐める。人質全員とともにブルーシートに潜り込み、ヘリに乗って態勢が整ったところでブルーシートを外して飛び立つ、そう言ってる」

「…………」

「すぐに小学校のグラウンドにマスコミを入れて、そちらの準備が整う様子を生中継させろ、それをこちらはネットで確認する、これが犯人からの要求だ」

「いや、現場にマスコミを入れるのは難しい」

「あんたが嘘をついていて、犯人が射殺されるところが生中継されるからか？」

「いや……」

「ヘリが用意できたことで、とりあえず人質の死亡は回避された。だが、いまの要求が速《すみ》やかに果たされなければ、いまから一時間後に人質が一人殺される」

「わかった。とにかく検討させてくれ」

そのまま電話が切れた。

「キミの交渉ぶりを聞いてると、ヘリでも無事に逃げられそうな気がしてきたよ」

田中が言った。

「これで犯人側の本気を疑うことはないはずだ」

菊島は言った。

「警視庁は、ヘリでの逃亡しか警戒しない」

「だろうな」

「こちらはヘリが待つ小学校まで人質を連れて移動しなければならない。当然、道路の封鎖は解かれる。そのときがチャンスだ」

「そのときまでに、杉崎を人質に取る、ということだな？」

「ああ」

菊島が煙草をくわえて火をつけようとしたとき、窓ガラスをノックする音がした。振り返ると田中の側の窓の外に坊主頭の大男が立っていた。指差す方向に眼を向けると、プリウスを降りた真樹がクラウンに近づいてくるのが見えた。そのまま助手席に乗り込んでドアを閉めると、

「提案があります」

「ほう、聞かせてもらおうじゃないか」

田中が笑みを浮かべる。

「ヘリが着く場所に移動するんですよね？」

真樹が菊島に訊ねる。菊島は頷き、

「近くの小学校のグラウンドだ」

「それで道路封鎖は解かれますが、追跡させないようにするのは難しいと思います」

「ああ」

「わたしが、犯人に撃たれる、というのはどうでしょう？」

「ん？」

田中が眼を見開く。

「人質が殺されたのではなく、いま、重傷を負って大量の血を流している、となれば警視庁も慎重にならざるを得ないんじゃないですか？」

真樹は落ち着いた眼をしていた。

「悪くないな。……どうかね？」

田中が菊島に眼を向ける。

「お前は、自分を罰したいだけだ」

菊島は真樹に言った。

「あ？」

田中が怪訝な表情を浮かべた。そして、

「なるほど、そういうことか。けさ被疑者を射殺したのはキミなんだな？」

笑顔を真樹に向ける。

「……………」

真樹は菊島をジッと見つめていた。

「俺に考えがある、と言ったろう。お前の提案は、その結果を見てから検討する」

菊島がそう言うと、真樹は無言のままクラウンを降りてプリウスに戻っていった。

「仲間を傷つけたくはないんだろうが、一つの方法としてはアリだと思うがね……」

田中が言った。

「どうせやるなら、杉崎を撃ったほうが効果がある」

菊島は、くわえたままの煙草に火をつけた。

「本当に、杉崎を人質にできればの話だ」

田中は無表情にそう言った。そのとき菊島が膝に載せていたスマホが鳴り出した。

「菊島だ」

「杉崎だ。……状況が変わった」

「あ？」

「ヘリの件は、忘れてくれ」

「どういうことだ？」

「今後、一切交渉には応じない」

「！」

菊島の息が止まった。

「もう、どこにも逃げられない。直《ただ》ちに人質を解放して投降しろ、そう犯人に伝えてくれ」

4

杉崎が言った。

「人質が殺されるぞ！」

菊島の口から、思わず強い声が出た。

「人質を傷つけたら、その段階で特殊部隊が突入する。これは決定事項だ」

杉崎の声は弱かった。

「菊島、済まない」

その声には無念が滲《にじ》んでいた。

「わかった。犯人に伝える」

電話を切った菊島の眼を田中が覗き込む。

「どうやら、想定外のことが起きたらしいな」

「今後一切交渉には応じない、人質を傷つけたら特殊部隊が突入する、だそうだ」

「フッ」

田中が鼻を鳴らした。

「キミはやり過ぎたな……」

「………」

「私と同様に警視庁も、ヘリで逃げられる、そう思った。ヘリを用意してやって人質を連れた犯人に逃げられる。そうなれば警視庁の完全敗北だ」

「どうせ向こうは、ヘリを飛び立たせる気はなかった」

「マスコミはまずかったな。完全敗北する様子を生中継されたら、警視庁は全世界に大恥を晒すことになる。キミは相手の逃げ道を塞《ふさ》いでしまったんだ」

「杉崎は、思っていた以上にヤワだった。上にお伺いを立てて、その指示に従ってるだけだ」

「相手のレベルに合わせた交渉が必要だ、ということだな」

「ああ、勉強になった」

「で、どうする？」

「さっきの、女性刑事の提案を検討してみるか？」

「いま考えてる」

「しばらく黙っててくれ」

菊島は煙草を深く吸い込み長く煙を吐き出した。田中は腕組みをして眼を閉じた。

どのみち、やるべきことは変わらない。だったら、この新たな状況を利用する方法を考え出すしかない。菊島はそう思った。

少しずつ、杉崎の望む方向に近づけていくつもりだった。犯人と人質の状況が目視でき、狙撃が可能な態勢での持久戦、という環境が整いつつあると思わせたかった。そうすることで、杉崎の油断を引き出せる、と考えていた。

だが、その一方で菊島は、ヘリでの逃走というプランがダミーであると気づかれるのを恐れていた。そこに疑いを持たれると、全てが頓挫《とんざ》する。だから杉崎が提供する環境に、安易に応ずるわけにはいかなかった。

自分が、本気でヘリでの逃走を目指していたらどう対処するのかを考えた。抜け目のない犯人として交渉に臨《のぞ》んだ。

たしかに、やり過ぎだったのかも知れない。なんらかの罠を仕掛けるつもりでいた警視庁側は、マスコミによる生中継、という要求で全てを封じられた。

このままで進めば逃げられかねない、という危機感を抱《いだ》かせてしまった。

杉崎は上の判断を仰《あお》いだ。埼玉県警の捜査員が人質であるため、警視庁のトップは警察庁に判断を委《ゆだ》ねる。そして、警察庁長官からの理想論が現場に押しつけられた。武蔵野警察署に設置された対策本部に警察庁から参事官クラスが乗り込んできて現場に指示を出す。

絶対に犯人の逃亡を許してはならない。人質は全員無事に救出せよ。火器の使用は最小限に止《とど》めよ。

どうやって？　は、指示に含まれていない。そして、責任を取らされるのは現場の捜査員だ。

杉崎はいま、どんな気分でいるのか。

菊島に対する個人的感情は別にして、格段に死のリスクが高まった人質への負い目を感じているのは間違いない。それは利用できる。そう思った。

杉崎にも想定外のことが起きる。ただ上からの指示に従っていればいいという立場ではなくなる。パニックを起こさせる。理性的な判断ができなくなれば、人は本能に従う。そこまで考えたとき、この先のプランが一気に頭に浮かんだ。

俺が泥を被《かぶ》る。そう決めた。

指に挟んでいた煙草はフィルターを残して灰になっていた。窓を少し下げて吸殻を投げ棄て、田中に眼を向ける。田中は眼を開けていた。

「考えは纏《まと》まったか？」

「ああ、二人で車を降りてトランクの中を見る」

「あ？ 例のダッフルバッグしか入ってないぞ。しかも一つだけだ」

「俺がトランクを開ける。あんたは俺に銃を向けてろ」

「なんのために？」

「敵に、もっと武器があると思わせる」

菊島は車を降りると運転席のドアを開け、トランクオープナーを操作した。ドアを閉めて車の背後に廻り込む。田中はトランクの脇で、腹に挿したグロックを抜いた。

菊島がトランクを開けると、その頭に田中が銃口を向けた。

トランクの中には二億円の現金が詰め込まれたダッフルバッグが横たわっている。

菊島はジッパーを開いた。バッグの中身はわかっている。それが見たかったわけじゃない。ファイバースコープでこちらを見ている連中に、菊島がバッグの中を見せられた、と認識させるためだ。

ダッフルバッグは筒状をしていて長さは一メートルを超えている。菊島はジッパーを閉じてバッグを抱え上げた。田中は銃を下ろしてトランクを閉める。バッグを後部座席に運び込み足元の床に置くと、菊島はシートに座って足をバッグに載せた。

「で、どうするんだ？」

元の場所に座ってドアを閉めた田中が言った。

「まぁ見てろ」

菊島はスマホを取り出して電話をかけた。

「杉崎だ」

「菊島だ。説得を試みたが拒否された」

「…………」

「絶対に投降はしない、そう言ってる。強行突入は受けて立つ、とな……」

「いまトランクから出したバッグはなんだ？」

「自動小銃が二丁と、予備弾倉が山ほど入ってる」

「！」

「5・56ミリのライフル弾は、あんたらの部隊のボディアーマーもヘルメットも、紙のように撃ち抜くぞ」

「…………」

「犯人たちは人質を並べて、その陰から撃ちまくると言ってる。恐ろしい数の死者が出る」

「こちらからは手出しはしない」

「人質が殺されてもか？」

「だからなんとか、人質に手を出すな、と言ってくれ」

「言ったよ。何度も何度もな。だが拒否されたんだ」

菊島は腕時計を見た。

「予告通り、二十八分後に一人殺される。その一人は俺に決まった」

「！」

「死にたくなければ、自分でなんとかしろ、そう言われたよ」

「な、なにか、こちらにできることはないのか？」

「あんたと、二人だけで話したい」

「えっ!?」

「こっちに来てくれ。階段室から出なくていい。ドア越しに話ができればいいんだ」

「ど、どういうことだ？」

「大勢に聞かれるわけにはいかないし記録にも残されたくない。だが、あんたにだけは話しておきたいんだ」

「なにを？」

「俺が、ここに呼ばれた理由を話す」

「あ……」

杉崎が息を飲むのがわかった。

「来てくれるか？」

「……わかった。そちらに向かう」

菊島は電話を切った。

「来るのか？」

田中が言った。

「来る。新田のスマホをくれ」

菊島は田中から手渡されたスマホにパスワードを打ち込み電話をかける。

「新田です」

「そのまま松永の部屋に行け。キーを取ってきて、マスタングをけさの倉庫に運ぶんだ。倉庫の中に車を置いたら、お前はその場を離れろ。いいな？」

「了解です」

電話を切る。そのままメッセージアプリを開き、菊島のスマホに送られたショートメールを確認するとズボンのポケットに入れた。

「こいつは俺が預かっとく」

「どうやって杉崎を人質にするんだ？」

田中が言った。

「向こうは警戒してるはずだ」

「銃を寄越せ」

菊島は言った。

「俺が杉崎に銃を突きつける」

「…………」

田中は真っ直ぐに菊島の眼を見ていた。

「俺を信用できないなら、あとはそっちで好きにやれ」

菊島は煙草をくわえて火をつけた。

「それで、上手くいくのか？」

田中の眼に迷いが見えた。

「俺にできなければ誰にもできない」

煙を深く吸い込んで、ゆっくりと吐き出す。

「俺がしくじったときは、こんな役立たずに期待を懸けたことを悔やむんだな」

「なるほど……」

田中が大きくため息をついた。

「キミの才覚《さいかく》に懸けてみるしかない。そういうことか……」

「たぶんな」

「だがキミがそれをやったら、もう警察官ではいられなくなるぞ。いいのか？」

「先のことは、これが終わってから心配する」

「フッ」

田中は笑みを見せるとサイドウインドウを下げた。プリウスに散弾銃を向けていた坊主頭の大男が振り返る。田中は人差し指で呼び寄せた坊主頭の耳元に短く囁《ささや》いた。坊主頭は腹に挿していたグロックを抜き出し田中に差し出す。左手で受け取った田中は窓を閉め、菊島に向き直った。

「いまさらキミを疑ってもしょうがないが――」

田中が言った。

「銃には人を狂わせる魔力がある。私はそれを軽んじてもいないんだ」

右手で腹に挿したグロックを抜き出し、銃口を菊島の額に押し当てる。そして左手のグロックを二人のあいだのシートに置いた。菊島は無言で田中を見ていた。

「あんたが隙を見せない人間で助かるよ」

やがて菊島は言った。

「そうでないと、俺もつい魔が差してしまいそうだからな」

菊島はシートのグロックを手に取ると、低い位置でスライドを少し下げて薬室にも装塡されていることを確認し、ズボンの背中側に挿した。

田中はそれを見届けてから銃口を菊島の頭から離し、銃を下ろした。だがその銃口は菊島の腹に向けられたままだった。

「この車は、走りには問題ないのか？」

菊島は言った。田中が頷きを返す。

「問題ない」

「じゃあこれで行こう。プリウスのほうが目立たないが、大勢乗るには窮屈すぎる」

「ああ、どうせ長く走るわけじゃないからな」

「運転席には俺が乗る。助手席は俺の相棒の橋本という男だ。後部座席にはあんたら二人と杉崎だ。残りの二人は邪魔だから置いていく」

「いや、一応の保険として、あの女性刑事はトランクに入ってもらおう」

「好きにしろ。後ろから散弾銃を助手席の橋本に向けて、あんたは杉崎の頭に拳銃を押し当てる。これでどうだ？」

「いいだろう」

「俺が階段室に向かったら、いつでも出られるように準備しといてくれ」

「ああ」

菊島はクラウンを降りるとプリウスに向かった。坊主頭の散弾銃は菊島に向けられていた。

プリウスの運転席のドアを開けたとき左手のスマホが鳴り出す。

「菊島だ」

「杉崎だ。三階に着いた」

「すぐに行く」

電話を切ると、プリウスの中の三人に言った。

「この先の段取りは田中に伝えてある。心配せずに田中の指示に従え」

橋本、真樹、小国が無言で頷く。ドアを閉めて坊主頭に眼を向け、ついてこい、と言うように顎《あご》を振った。

両手を挙げて階段室に向かって歩き出した菊島を、坊主頭が無言で追う。

菊島は階段室まで五、六メートルのところで足を止め、振り返って小声で言った。

「ここに立って、俺の背中に散弾銃を向けてろ」

坊主頭が無表情に頷く。

階段室に辿り着くと、新田のスマホを取り出しパスワードを打ち込んだ。目の前のドアが細目に開く。その隙間から、杉崎の顔が僅かに窺《うかが》えた。

「こっちに来い」

杉崎が言った。

「ダメだ。俺は散弾銃で狙われてる。この状態で話すしかない」

菊島は言った。

「周りの連中は遠ざけたか？」

「ああ、半階分下にいる」

「よし、これを見てくれ」

メッセージアプリを開き、菊島に送られた動画をタップして杉崎にスマホを渡す。

怪訝な顔の杉崎が再生ボタンをタップして画面を覗き込む。

「新田くん、……仲間に、伝えたいことはあるかな？」

田中の声が微かに聞こえた。杉崎は息を飲んで動画を見つめている。菊島は背中に挿した拳銃のグリップを摑んだ。やがて男たちの笑い声とともに動画が終わった。

「ほ、他にも人質がいるのか⁉」

驚愕の表情を浮かべた杉崎がドアの隙間から顔を突き出す。その襟首を摑んだ菊島は、杉崎の顎に下からグロックの銃口を押し当てた。

「お前が人質だ」

5

杉崎を引き摺り出すと足で蹴ってドアを閉める。駆け寄ってきた坊主頭が菊島たちを追い越して散弾銃をドアに向けた。

「やめろッ!」

杉崎が叫ぶ。菊島の手を振り解《ほど》こうと藻掻《もが》いた。菊島はグロックの銃身を力任せに杉崎の顔面に叩きつける。杉崎の体から力が抜けた。新田のスマホがモルタルの床に落ちる。杉崎は膝から崩れて床に這《は》った。菊島は床に膝をつき、スマホを拾い上げてポケットに入れると、

「いま、ここで選べ」

杉崎の頭にグロックの銃口を押しつける。

「この場で死ぬか、生きて帰るか」

杉崎の顔は、鼻が潰《つぶ》れて夥《おびただ》しい血が溢《あふ》れ出していた。

「た、助けてくれ……」

杉崎がくぐもった声を出した。

「前線指揮所の佐竹に電話しろ」

菊島の言葉に杉崎は、慌ててスマホを取り出して電話をかける。

「す、杉崎です」

そう言ったとき菊島がそのスマホを奪った。

「菊島だ。指示に従わないと杉崎が死ぬぞ」

「ど、どういうことだ⁉」

警視庁捜査一課特殊犯捜査二係の係長、佐竹の声が応えた。

「俺は犯人に命じられて杉崎を人質に取った。そうしないと俺が殺されるからだ」

「…………」

「いまから犯人たちは車で逃走する。道路封鎖を解け。追跡はするな。上空のヘリは全て小学校のグラウンドに降ろせ。ドローンもなしだ。犯人に気づかれたら、最初に杉崎が殺される」

「私には、その権限がない！」

悲鳴のような声が言った。

「杉崎に替わる」

グロックの銃口を杉崎の眼に向け、スマホを差し出す。

「佐竹は、権限がない、と言ってる。このままだとお前は死ぬぞ」

杉崎はスマホを摑むと息を吸い込み、強い声を出した。

「杉崎だ。現場の指揮官として命令する。道路封鎖を解け。人命が最優先だ。全ての責任は私が取る。いますぐ犯人の指示に従え！」

佐竹の「はっ、直《ただ》ちに！」という声が微かに聞こえた。杉崎は電話を切ると荒い息をついた。

坊主頭はすぐ傍《そば》に立って見下ろしていた。菊島は起ち上がると、グロックの銃身を摑んで坊主頭に手渡し、両手を頭の高さに挙げた。拳銃を腹に挿した坊主頭が杉崎に散弾銃を向ける。慌てて起ち上がった杉崎は両手を高く挙げた。

銃口で背中を押されながら杉崎はクラウンに向かって歩いた。菊島も両手を挙げたまま杉崎と並んで歩く。

田中はクラウンの脇にグロックを握って立っていた。クラウンの向こう側には呆然とした表情の小国が立っている。橋本は助手席に座っていた。真樹の姿は見えない。すでにトランクの中に収まっているようだ。

菊島は運転席に乗り込みエンジンをかけた。杉崎の頭に銃を突きつけた田中が後部座席に杉崎を押し込み、そのあとに続く。さらに散弾銃を握った坊主頭が乗り込んでドアを閉めた。車の前を廻り込んで小国が運転席に駆けてくる。

「私は、どうすれば……？」

菊島に囁く。

「追跡に気づいたら人質を片っ端から殺す、そう言っていたと言え」

菊島は言った。ギアを D《ドライブ》に入れ、

「他のことは、知らない、わからない、で通せ」

アクセルを踏み込む。小国を残してクラウンは勢いよく走り出した。

「杉崎くん」

ルームミラーの中で、全開にした窓から杉崎の血塗《まみ》れの顔を突き出している田中が言った。

「封鎖が解かれていなければキミは死ぬ。わかってるな？」

杉崎は頭を上下に振った。クラウンはスロープを下《くだ》り二階のフロアに入った。駐車されている車輌の陰や、透明な大楯の列の奥に、黒い制服のＳＩＴの隊員たちの姿が見える。

「手を出すなァ!!」

杉崎が大声で叫んだ。隊員たちは、誰一人として動く気配を見せなかった。さらにスロープを駆け下りて一階に着くと、菊島はアクセルを緩めずに出口のポールをへし折って建物から飛び出す。道路を塞《ふさ》いでいたPCがまだ動いている最中だった。前線指揮所から大勢の捜査員が飛び出してくる。

「封鎖を解けッ! 追跡はするなッ!!」

杉崎が叫んだ。菊島は蠢《うごめ》くPCの隙間を強引に擦《す》り抜け、一台の車も走っていない井ノ頭通りを境《さかい》浄水場方面に向かって突っ走る。バックミラーの中で、見る見るPCの群れが小さくなっていった。

「やったな!」

田中が声を上げる。菊島は助手席の全開の窓から頭を突き出した橋本に、

「ヘリは?」

「見えません」

天を仰いで橋本が言った。

「ローター音も聞こえません」

「これを棄《す》てろ」

前線指揮所との連絡用のスマホを橋本に手渡す。ＧＰＳで捕捉されないようにするためだ。橋本は無造作に窓からスマホを投げた。

「杉崎のスマホも棄てろ」

ルームミラーの中の田中に言った。田中は、杉崎が自ら差し出したスマホを窓の外に放り出すと、杉崎の全身を丹念にチェックしていく。

「ど、どうするつもりだ？　逃げられはせんぞ」

杉崎が言った。田中は鼻で笑い、

「逃げられなくなったときがキミが死ぬときだ、ということが、まだわかっていないのかね？」

杉崎はそれ以上なにも言わなかった。菊島は赤信号を無視して走り続けた。

境浄水場の手前で左折し新武蔵境通りに入る。だが井ノ頭通りの封鎖の影響なのか新武蔵境通りは混んでいた。すぐに右折して川沿いの細い一方通行の道をひた走る。

数百メートル走って最初の信号を左折した。片側二車線の通りだが流れはスムーズだ。前方に武蔵境駅があるのがわかる。そのまま直進し、突き当りを黄色信号で右折する。その先の広めの交差点を通過して次の信号のない角を左折した。片側一車線の狭い道に車の姿は見えない。

ＪＲの高架下を抜けると、前方で幅員《ふくいん》が拡がり車が詰まっているのが見えた。その手前で右折し、寂《さび》れた商店街らしき自転車と歩行者しか通っていない暗い道を進む。菊島は錆《さび》だらけのシャッターが閉じた潰れていると思しき鮮魚店の前に車を停めた。

「一度、状況を確認しておこう」

菊島の言葉に、助手席の橋本が車を降りた。後部座席の坊主頭も、散弾銃を車内に残して車から降りる。二人は周囲を見廻し、空を仰いだ。

「問題なさそうですね」

助手席の窓から橋本が言った。

「ドローンはちょっと確認できないスけど……」

「乗れ」

菊島は言い、橋本と坊主頭が乗り込むと車をスタートさせた。突き当りで左に折れて、前方にヘッドライトもテールランプも見えない道を突き進む。〈天文台《てんもんだい》通り〉という標示が見えた。

やがて道幅が拡がり前方が明るくなった。〈天文台北〉の交差点で左折し東八道路に入る。周囲の車からは前後のガラスの損傷が丸見えだが構ってはいられなかった。目指す倉庫のすぐ近くまで来ていた。

少し走ると、前方右手の送電線の鉄塔の脇に、朝に見かけた〈ドン・キホーテ〉の看板を発見した。その〈野崎八幡《のざきはちまん》前〉の交差点を右折し、武蔵境通りに入る。交通量は激減した。

菊島は腕時計を見た。時刻は十時を回っていた。スピードを上げて走り続けると、すぐに目的の倉庫の敷地を囲う柵が見えてきた。ゲートは開いている。すでに新田がマスタングを運び込んでいることがわかった。ゲートを通過し駐車場を走り抜ける。

倉庫のシャッターも開いていた。菊島はクラウンを倉庫の闇の中に進めた。ヘッドライトの光に、黒の艶消しのマスタングが浮かび上がった。クラウンをマスタングに並べて停める。トランクオープナーでロックを解除してから運転席を降りた。

車の後ろに廻ると、大きく開いたトランクの中で真樹が上体を起こしていた。

「大丈夫か?」

「なんとか無事です」

暗闇の中で真樹の声が言った。表情はわからない。トランクから地面に降り立った真樹が、体を大きく動かして筋肉を解《ほぐ》しているのがシルエットでわかった。

全員がクラウンから降りていた。ルームライトで坊主頭が散弾銃とダッフルバッグを手にしているのが見える。菊島はトランクを閉じた。

「いい車じゃないか」

田中が楽しげに言った。マスタングのボンネットに両手を置かせた杉崎の後頭部にグロックを突きつけている。

橋本がマスタングの左側に廻り込み、運転席のドアを開ける。ルームライトが灯った。橋本が菊島に言った。

「こいつは、俺が転がしますよ」

菊島は真樹を振り返り、

「お前はクラウンで走り続けろ」

「え？」

真樹が訝《いぶか》しげな声を出した。

「オービスやNシステムで、クラウンの走行ルートはじきに捕捉される」

菊島は言った。

「こいつをここで止まったままにするわけにはいかん。お前は調布から高速に乗って走れるかぎり遠くまで行け」

「いや……」

田中が声を出した。

「その役は、こちらの彼にお願いしよう」

そう言って橋本を指差す。

「なぜだ？」

菊島は訊ねた。田中はフッ、と鼻を鳴らし、

「菊島くん、どうも私には、キミが彼女を早く解放したがっているように思えてね。そうだとするなら彼女のほうが、人質としての価値が高い、ということになる。違うかな？」

「違うな」

菊島は言った。

「では、彼女を残しておきたくない他の理由があるのかな？」

「シゲ、クラウンに乗れ」

橋本が肩を竦めてクラウンの運転席に廻り込む。

「大丈夫スか？」

菊島に囁いた。菊島が無言で頷きを返すと、橋本は運転席に乗ってドアを閉めた。

クラウンが動き出す。マスタングを廻り込んで、入ってきたシャッターから走り出ていった。

菊島はマスタングの運転席に向かった。ドアは開いたままだ。ルームライトの明かりで、運転席のシートに革のボストンバッグが置かれているのが見えた。心臓の鼓動が高まる。このバッグには、死んだ革ジャンの衣類と所持品に加えタウルスとグロックが入れてあった。いまも拳銃が入っているのか。だが、いまそれを取り出すのは危険だ。菊島はバッグに手を伸ばすことができなかった。

そのとき背中に硬いものが押し当てられた。散弾銃の銃口だとわかった。菊島は脇に避《よ》けて振り返った。坊主頭が片手で散弾銃を向けたまま、左手で革のバッグを摑み出す。そのまま少し後退《あとずさ》るとボンネットにバッグを置いた。田中がそのバッグを引き寄せる。

菊島は運転席に乗り込んだ。スマートキーはドアポケットに入っていた。エンジンをかける。低く暴力的な咆哮が倉庫内に響き渡った。ヘッドライトを点灯する。前方が明るく照らし出された。

「これは、死んだ被疑者の持ち物なのかな?」

革のバッグの中身を調べていた田中が言った。助手席のドアを開け、バッグを床に放り込む。つまり、拳銃は入っていなかったということだ。ならば拳銃はどこにあるのか。

新田が持っているのなら、バッグごと持っているはずだ。わざわざ、ここにバッグを置いておく必要はない。この車の中に隠してあるのではないか、そんな気がした。それを菊島に気づかせるためのバッグなのではないのか。

菊島はトランクオープナーを押してロックを解除した。坊主頭が散弾銃とダッフルバッグを手に車の背後に廻った。菊島はさり気なくシートの座面と背もたれの隙間を指で探った。そこにはなにもなかった。シートを下げて調節しながら座面の下に手を伸ばす。

硬く、重たい塊《かたまり》に指先が触れた。

6

「うわッ!!」

突如後方から大声が響いた。

「どうした⁉」

田中の声が飛んだ。菊島はシートの下の拳銃を摑みながら車を降りる。

「死体が載ってます」

トランクを覗き込んでいる坊主頭が言った。

真樹が駆け寄ってトランクを覗く。菊島は拳銃を体の陰に隠してトランクに近づいていった。銃把《グリップ》の形状から、その拳銃がタウルスであることがわかった。

「松永義人です」

顔を上げた真樹が菊島に言った。菊島のために場所を空ける。菊島はすれ違いざまに真樹の手にタウルスを押しつけた。真樹が受け止めたのを感じた。

そのままトランクを覗き込む。トランクルームの明かりの中に、蒼白い顔をした男が横たわっていた。

間違いなく松永の死体だった。薄手のコートには、左の腋窩《えきか》から溢れ出たと思しき大量の血が染み込んで乾いている。

死体の左腕を持ち上げてみると、腋《わき》の下に数ヵ所、刃物による刺し傷らしきものが見える。腋窩動脈を素早く数回刺すこのやり方は、アメリカの刑務所内でよく使われる殺しの手口だと聞いたことがあった。

「ヤン、こっちに来い」

田中が声を上げた。

「杉崎くんに銃を向けてろ」

ヤンと呼ばれた坊主頭が散弾銃を手に杉崎に近づく。入れ替わりにやってきた田中がトランクを覗き込んだ。

「誰だこれは？」

菊島に訊ねる。

「この車の持ち主だ」

菊島は応えた。

この車のトランクの中を確認していなかったのは、「捜索は松永本人の立ち会いのもとで行う」と小国が厳命したからだった。「証拠を捏造《ねつぞう》した、などと言われたくはない」からだ。だが、とっくに松永は殺され、ここに押し込められていた。

「ん？　この車の持ち主は――」

田中が真樹に顎を向ける。

「彼女に撃たれて、澤田の身代わりになった被疑者じゃなかったのか？」

真樹はマスタングの屋根の奥に頭だけが見えていた。だが、そこにいるのがわかるだけで、表情はわからない。

「いや、おそらくその男がこいつを殺して、車ごと死体を棄《す》てに行こうとしていた。そこを俺たちが見つけて逮捕した。……まぁ、そんなところだ」

菊島は言った。革ジャンが持っていた折り畳み式のナイフが凶器だったんだろう。革ジャンは、半グレ集団の中の殺し屋だったのかも知れない。そう思った。

「それなのに、トランクの中は確認しなかったのか？」

田中が訝しげな声を出した。

「そんな間抜けな話があるか？」

「犯罪捜査には、いろいろと厄介な手順があってな」

菊島は深いため息をついた。俺はきょう一日なにをやっていたのか、そう思った。早々にこのマスタングのトランクを開けてさえいれば、そして松永の死体を発見し、革ジャンの男を殺人の容疑で逮捕していれば、その場で県警本部に連絡を入れ、ハイエースを追跡することもなく一日を終えられていたはずだった。

松永が殺された理由もわからず仕舞いになった。これ以上の捜査が続けられるとも思えない。もはや菊島にはどうでもいいことだった。

「さて……」

田中が言った。

「ここから移動するにしても、邪魔なものが多すぎるな」

マスタングは前に二人、後ろに二人の四人乗りだった。五人プラス死体とダッフルバッグでは無理があるのは間違いない。

「この死体は邪魔だが、ここに放り出していくと菊島くんに迷惑がかかりそうだ」

たしかに、いずれ警視庁がここにやってくる可能性は充分にあった。こんな場所で松永の死体が発見されれば、菊島たちにとって、なにかと厄介なことになるのは目に見えていた。

「そして、杉崎くんの役目は終わった。これ以上連れ回しても意味がない」

その通りだった。この先の行動を杉崎に知られることは、マイナスでしかない。

「だったら解放してくれ！」

杉崎が声を上げた。田中はフッ、と笑いを漏らした。

「そんなことをすれば、キミはすぐにこの車を手配するじゃないか」

「しない！　約束する！　解放してくれれば絶対に、なにもしゃべらない！」

杉崎は必死で訴えていた。

「おいおい、そんな話を真に受けるとでも思ってるのか？」

田中の口調には苛立ちが混じっていた。

「キミの言葉が信じられるほど、我々は信頼関係を築けてはいないんだ」

「いや、待ってくれ――」

杉崎はなおも喰い下がろうとした。

「黙ってろ」

田中が厳しい声を出した。

「この際、キミの意見には価値がない」

「…………」

杉崎は頭をがっくりと落とすと、もうなにも言わなかった。

「菊島くん、キミはどうすればいいと思う？」

田中が菊島に眼を向ける。

「杉崎くんを解放すると、キミたちにとっての不都合な真実まで全て掘り起こすぞ」

「ああ」

杉崎は、立て籠《こ》もり犯と菊島の繋がりを解明せずにはいられない。このマスタングに死体が載っていたことも知っている。

それを殺した人間がどうなったのかや、三鷹の事件との関連も含めて、今回の一連の出来事の全てを明らかにするまで追及をやめようとはしないだろう。

「キミはよくやってくれた。私とヤンを、あの場から見事に脱出させてくれた。そのことについては非常に感謝してるよ」

田中が言った。

「もうキミのことを解放してあげてもいい、とすら思っているんだ」

ただし、それには条件がある、と続くのはわかっていた。

「ただ、杉崎くんのことだけは、きちんと片をつけておきたいと思ってね」

「俺に、杉崎を殺せ、と言ってるのか？」

菊島は言った。

「なッ⁉」

杉崎が声を上げる。その後頭部に散弾銃の銃口が押し当てられた。

「俺は、澤田を殺す、という約束を破った。それで、あんたとの信頼関係は崩れた」

菊島は煙草をくわえて火をつけた。

「だから今度は、あんたの目の前で人を殺してみせろ、そう言ってるんだろ？　それで信頼を取り戻せ、ってな」

「フフッ」

田中が笑い声を漏らした。

「菊島くん、私にはわかっているんだよ。キミが私を殺したがっていることをね」

「…………」

「キミの望みは私とヤンが死ぬことだ。そうなればもう二度と我々に煩《わずら》わされることもなく、いつかどこかで我々が逮捕されるという事態に怯《おび》えることもない。……違うかな？」

その通りだった。

「私とヤンの口を封じてしまえば、あとはなんとでも誤魔化《ごまか》せる。キミにはその自信があった」

田中は右手のグロックを菊島に向けた。

「キミは、杉崎くんを人質に取る、と言い出したときから、この状況になるのを想定していたんだろう？　杉崎くんを殺せ、と言われることを。そのときがチャンスだ、とね……」

菊島は、ただ黙って聞いているしかなかった。煙草を吸うことも忘れていた。

「そのときには、キミに銃が渡される。もちろんキミにも銃が向けられているだろうが、一瞬の隙をついてヤンを楯に取り私を撃つ、なんて場面をイメージしてたんじゃないかな？」

その通りだった。

だがその際に気がかりなのは真樹の存在だった。だからタウルスを見つけたとき、自分の身は自分で護ってくれることを願って真樹に渡したのだ。

「だから、キミには銃を渡さない。キミは危険な男だからな」

そして田中は真樹に顎を振った。

「彼女にやってもらうことにするよ」

「！」

菊島の心臓が激しく胸を打った。

「キミが杉崎くんを殺すんだ」

田中が真樹に言った。真樹はなにも応えない。タウルスを使うタイミングを測《はか》っていたのかも知れない。

菊島は後悔していた。こんなことになるくらいなら自分がタウルスを持っていればよかった。そうしていれば、まだ充分にチャンスはあったはずだ。

「ここではキミらの顔もよく見えないな」

田中が菊島に向けている銃を振った。

「ヘッドライトの明かりのほうに移動しよう」

菊島は煙草を床に棄て、マスタングの前方に向かって歩き出した。真樹の脇を通り過ぎるとき、闇の中で真樹がタウルスを渡してくれることを願った。

だが真樹は菊島を待たずにヘッドライトの明かりの中に踏み込んでいった。菊島はマスタングのフロントグリルに尻を預けた。

ヤンに突き飛ばされた杉崎が菊島の足元に転がる。真樹はその奥で両手をだらりと下げて立っていた。

モルタルの床に両手と両膝をついた杉崎に、ヤンが散弾銃を向ける。田中はヤンが腹に挿したグロックを抜き出し、真樹に向けて放った。

床に落ちて滑ったグロックは真樹の足の一メートルほど手前で止まった。

「キミが杉崎くんを殺せば、この場でキミと菊島くんを解放する」

田中が真樹に言った。

「やめろォ!!」

杉崎が叫んだ。

「さあ、その銃を拾うんだ」

田中の言葉に真樹は首を横に振った。

「いいえ、わたしは殺さない」

その顔は、ゾッとするほどに無表情だった。

「わたしはきょう人を殺した。一人だけでも多すぎるくらいよ」

「それでは、平和的な解決にならないな」

田中も無表情に言った。

「キミが協力すれば、キミと菊島くんは生き延び、杉崎くんの死体とトランクの中の死体は私たちが引き受ける。これが最も平和な結末だと思うがね……」

「私を撃ちたければ撃てばいい」

真樹は平然と言った。

「いや、菊島くんを撃つ」

田中は言った。

「！」

真樹の表情が歪《ゆが》んだ。

「それでもキミは、拒否できるのか？」

田中が勝ち誇ったような笑みを浮かべた。菊島は、真樹が銃を抜く、そう思った。

「待て！　俺がやる！」

菊島は言った。

真樹は田中に銃を向ける前に、田中に撃たれる。朝に見た、血塗れのTシャツで頭を包まれた死体を撃った田中の射撃の速さと正確さが、まざまざと蘇《よみがえ》っていた。

「銃はいらん。革のバッグの中にナイフがあったろう、あれで杉崎を殺す」

「ダメだ。いまのままの彼女を解放することはできない」

田中が菊島に言った。

「あくまでも杉崎くんは彼女に殺してもらう」

杉崎に散弾銃を突きつけているヤンに眼を向け、

「菊島くんに銃を向けろ」

頷いたヤンが菊島の頭に銃口を向ける。その瞬間、銃声が響き渡った。ヤンの腰から血の霧が舞う。凄まじい銃声とともに散弾銃が真上に炎を噴き出した。そのままヤンは杉崎のほうに倒れ込む。

田中は素早く床に伏せ、銃声のした闇に向けて三発撃った。撃ち返してくる発火炎を見定め、そこに着弾を集中させるために。

菊島が動くよりも早く杉崎が散弾銃を摑んでいた。素早くフォアエンドを操作し、次弾を薬室に送り込む。

その音に田中が反応した。振り返りざまに杉崎の頭を撃ち抜く。同時に散弾銃から轟音と炎が噴出した。ヤンの体から血飛沫《ちしぶき》が舞う。

「銃を捨てなさい！」

真樹が発砲した。

仰向けに寝ている田中のすぐ脇の床からモルタルの破片が舞い上がる。田中はそのままの姿勢で真樹に銃口を向けた。真樹が床のグロックを菊島に向けて蹴り、両手で構えたタウルスを田中に向けて近づいていった。菊島はグロックを拾い上げた。

杉崎は、額から入った銃弾に後頭部を吹き飛ばされて絶命している。ヤンは、至近距離からの散弾で胸をグシャグシャにされて死んでいた。

「菊島くん、こんなやり方はないんじゃないか？」

険しい眼で田中が言った。

「俺だって、こんなふうになるとは思ってもみなかった」

菊島は言った。そのとき闇の中から靴音が近づいてきた。田中が靴音のほうに眼を向ける。菊島は、田中が銃を撃つ気配を見せたら即座に射殺するつもりで狙いを定めた。やがて、田中にグロックを向けた新田の姿が見えてきた。

「キミだったのか……」

田中は観念したかのように長く息を吐き出した。

新田は田中を見下ろす位置に立ち、無表情にグロックをその顔に向けた。

「菊島くん」

田中が菊島に眼を向ける。

「もう、後戻りはできないぞ」

そして菊島に銃口を向けた。途端に新田が発砲した。引き金を引き続ける。田中の体が跳《は》ね、血が飛び散る。六発撃ち込んで、撃つのを止《や》めた。

新田はグロックを田中の死体の上に投げ捨てると、真樹のほうを向いた。

「僕を、逮捕しますか？」

真樹を見つめて言った。

「…………」

真樹は首を横に振った。新田には田中を殺す権利がある。菊島はそう思った。真樹も同じ思いだったに違いない。

新田が田中たちの人質となって、死を覚悟せざるを得ないところまで追い込まれたことで生じるであろうPTSD（心的外傷後ストレス障害）を少しでも軽減するためには、犯人たちが全員死ぬことが必要だ、新田はそう考えたのではないか。そして彼はそれをやり遂《と》げた。そんな新田に罰を受けさせる必要はなかった。

「あとは俺に任せろ」

菊島は言った。右手のグロックを腹に挿し、新田の肩を摑む。

「お前はここには来なかった。ずっとアルファードの中で待機していた。いいな？」

新田が頷いた。菊島は新田が投げ捨てたグロックと、田中が握っていたグロックを拾い上げてズボンの左右のポケットに突っ込む。そして真樹に歩み寄った。

「お前はクラウンで連れてこられて、この倉庫に着いたところで解放された。あとのことはなにも知らない。いいな？」

手首を摑んでタウルスをもぎ取る。さらに、杉崎の死体から散弾銃を取り上げた。

「この死体はどうするんです？」

真樹が言った。

「全部俺が運んでいく。犯人たちは、俺と杉崎を人質にしたまま逃げ遂《おお》せたってことになる」

菊島はマスタングの助手席のドアを開け、全ての銃を放り込む。

「でもここを調べられたら？　三人分の血痕が残ってるんですよ。いや、朝のも含めたら四人分です。誤魔化せるわけがない」

真樹にはどこか、捨《す》て鉢《ばち》な様子が感じられた。

「ここでなにかが起きたことは間違いない。だが、なにが起きたのかを警視庁が知るには、犯人たちか、杉崎か、俺か、その誰かを見つけて聞き出すしかないんだ」

菊島は言った。

「そして、誰一人見つかりはしない」

「えっ？」

真樹が声を上げる。

「じゃあ主任は……」

「俺は消える。もう二度と、お前たちと会うこともないだろう」

菊島は杉崎の死体の足首を掴んだ。

「車に積み込む。手伝え」

三人がそれぞれ死体を引き摺り、菊島と新田で抱え上げてマスタングに載せた。

トランクには松永の死体とともに杉崎の死体を積み込むことができた。二億の現金が入ったダッフルバッグに散弾銃を入れ、後部座席の床に寝かせた田中とヤンの死体の上に載せた。腹にタウルスを挿し、それ以外の拳銃は助手席に置いた革のバッグに詰める。

「新田」

運転席に乗り込んだ菊島はウインドウを下げて声をかけた。ポケットから取り出した新田のスマホを差し出す。慌てて新田も菊島のスマホを差し出した。

「俺は、田中たちの二億を貰っていく。俺のマンションのカネは今夜のうちに他所《よそ》に移せ。あとでシゲと一億ずつ分けろ。残りは小国にくれてやれ」

「はい」

「じゃあな」

ギアを入れてアクセルを踏み込む。バックミラーには闇だけが映っていた。大きく廻り込んでシャッターを潜《くぐ》り抜け、倉庫から走り出る。

これからどこへ向かうかは決めていた。埼玉県内の地理は知り尽くしている。かつて取調べを行った被疑者から、秩父《ちちぶ》市の山中の沼に遺体を棄てた、との供述が得られた。大掛かりな捜索活動が一週間に亘《わた》って続けられたが、結局遺体の発見には至《いた》らなかった。

捜索を始める前から、どうせ見つかるわけがない、と思わせるような場所だった。そういう場所を何ヵ所も菊島は知っていた。

死体を棄てるついでに、こいつも棄ててしまおう。ダッシュボードに置いたスマホを見てそう思った。どうせすぐに、このスマホも追跡されることになる。

そのときふいに思い出した。澤田と別れるとき、

「気が変わったら連絡してくれ」

そう言って澤田は、このスマホに自分の携帯の番号を残した。どうせ棄てるなら、と、菊島はその番号に電話をかけた。

「どうした？」

すぐに澤田の声がした。

「お前のせいで、酷《ひど》い目に遭《あ》ったぞ」

菊島は言った。

「やっぱりそうか、ニュースで見て気になってたんだ」

澤田は、申しわけなさそうな声を出した。

「お蔭で俺は、逃亡中の身だ」

菊島は自嘲の笑いを漏らした。

「俺で力になれることは、なんでも言ってくれ」

澤田はそう言った。

それも悪くない。菊島はそう思った。

解説

ハセベバクシンオー（小説家・脚本家）

本書を最初に手にした際に抱いた印象は、タイトルとカバーの絵から、アメリカ西海岸の突き抜けた青い空と熱気を孕《はら》んだ乾いた埃《ほこり》っぽい空気――。『バッド・コップ・スクワッド』というタイトルと、ローライズの腰に拳銃を差したラテン系を思わせる美人警官――つまりはサンディエゴのメキシコ国境辺りで、ジェニファー・ロペスのようなビッチな見た目の美女（このビッチは誉め言葉ですよ）が活躍するポリスアクションでした。

どうやらそれは正しかったようで、物語は埼玉と東京の都県境を意識した舞台設定になっています。

警察の、身柄確保や家宅捜索、あるいは特に成果を期待していない聞き込みのような通常業務やなんてことはない任務から、とんでもない事件に首を突っ込まざるを得ないような展開には、すぐにワクワクしちゃうのですが、本書はまさにそのような作品です。

係長の小国英臣率いる、埼玉県警武南警察署強行犯係のスクワッドは、東京都武蔵野市に住む、強盗傷害容疑で逮捕状が出た半グレの身柄を取りに向かいます。相手は半グレなのでそれなりの緊張感はあるものの、行って帰ってくるだけの仕事のはずだった――。

しかし被疑者松永義人が所持する車――マスタングが自宅にないところからしてケチがついていた。マスタングは自宅近くのガソリンスタンドで発見したが、給油していた男は松永ではなかった。

マズい状況にもかかわらず、警察相手に飄々とした対応をする男を連れ帰ろうとした矢先、たまたま通りかかった不審なハイエースを見つけてしまう。管轄外とはいえ捨て置けずに追跡するとたちまち銃撃戦へと発展、銃撃犯は確保するが、車内からは六億の現金と死体が見つかり、さらには仲間の一人が正体不明の敵に拉致《らち》されてしまう――。

どうです？　序盤からこの怒濤の展開。ここから先の物語がどう転がっていくのかは、それは読んでもらうしかありません。

一筋縄ではいかない敵を相手に仲間を救うためには、更には自分自身が生き残るためには違法な手段も厭《いと》わないという闘いに突入します。

実はこの作品、きうち監督はなにも決めずに書き進めたそうなんです（木内一裕さんは、いわずと知れた漫画界のレジェンドであるきうちかずひろさんで、映画監督としてもその才能を発揮されています。私は映画の仕事を通しての関係が始まりですので、きうち監督と呼ばせていただいております）。

個人的には、いくつか着想の元になったと思われるところはあるのですが、それらは全て書き進めていくうちに生まれ出た——辿り着いたモノだというわけです。

ただ一つだけ、書き進めるにあたって明確に頭に浮かんでいたシーン——カットがあったようですが、それを明かすとかなりのネタバレになりそうなんで、一番最後に書くことにいたしましょう。ネタバレが嫌な人はお気をつけください。

なにも決めずに書くというのはどういうことなのか？

自分はやったことがないのでわかりませんし、先が決まっていない状態で書き進めるのは不安に思ってしまうのですが、非常に楽しい作業らしいです。

なにも決めずに書くのは不安に思う反面、楽しいというのも理解はできます。ただ理解はできますが、それをやるのは大変です。ただただ書き進めることはできるでしょう。でもそうすると書きやすい方に進みがちで、それでは恐らく物語的にはつまらなくなります。

本書のように、難しい方へ険しい方へ厳しい方へと進めて読者を楽しませるのは、それこそ難しい。

なにも決めずに書くというのは、決着を制限しないということです。例えば事件モノであれば、提示した事件を解決することが課せられます。一般的なヒーローモノであれば、ヒーローが（なんらかのカタチで）勝利することが求められます。

しかしこの作品は、そういうものを一切想定せずに書き進めたというわけです。主人公が負けてもいいし、場合によっては死んでしまっても構わない。物語の要請と、書いている自分が面白いと信じる方向へと自由に進めたというわけです。

想定する展開や決着がないわけですから、作者の都合など入る余地がないわけです。

時に主人公に限らない登場人物たちが置かれた状況に作者自身も身を置き、考え、次の展開が生まれていくということの連続は、確かに楽しい作業なのかもしれません。

例えばプロの犯罪者と思われる田中と、実質的なチームリーダーである菊島隆充との張り詰めた状況でのキレッキレのセリフの応酬は、書いていて楽しいのだろうなと思います（会話の痛快さもきうち作品の魅力の一つだと思っている方も多くいらっしゃると思いますが、当然本書にもあります。安心してください）。

本書は、いわゆるキャッチーなシーン（プロローグ）から始まるという手法がとられています。音楽で言えば、サビから始まるみたいな。

ただこれも、実はこのシーンを最初に書いただけのこと、ということだそうです。安易に美味しいシーンをアタマに持ってきて喰いつかせようとしたわけではないんですね。もちろん、そういうやり方は効果的なケレンの一つだと思いますし、否定するわけではありませんが。

きうち監督が作品を執筆するにあたっては、それぞれの作品に挑戦があります（もしかしたら例外もあるのかもしれませんが）。

ここでいう挑戦とは、読者をどのようにもてなしエンターテインするかというような、楽しませる企み・狙いや仕掛けということではなく、小説家としての創作における挑戦という意味です。例えば『喧嘩猿』のような作品は、どのような挑戦をしたのかがわかると思います。

本書では、なにも決めずに書くという執筆方法が挑戦だったということです。それでいて、このような知略に長《た》けた者同士の究極の攻防を描いた作品が出来上がるのですから驚きます。

きうち監督が『藁の楯』で小説デビューされ、『アウト&アウト』以降は年に一作、コンスタントに作品を発表されています。その間これまで、発表がなかったのは『アウト&アウト』の映画の制作をしていた二〇一七年だけです。

そして本書が発売された二〇二四年も発表がありません。もしかしたら、映画を撮っているのでは！　と期待される方がおられるかもしれませんが、残念ながらそうではありません。

実はここ最近、きうち監督はなんと、舞台の脚本を書かれています！

驚くと同時に、そりゃ、まあ書けますよねと、妙に納得する気持ちも湧くという、なんだか不思議な感想を抱きました。

時系列的には――

二〇二二年　一一月　『寛永浪侠伝』
二〇二三年　一一月　『又五郎の首』
二〇二四年　六月　『魔法の代償がデカすぎる件』

いずれも大阪を主戦場に活動する劇団M's《エムズ》-G《ジー》の公演です。

私はこの三作品のシナリオを拝読しておりまして――。『寛永浪侠伝』と『又五郎の首』は武家の宿命と武士の生き様を描く身が斬られるような本格時代劇、一方『魔法の代償がデカすぎる件』はファンタジー要素を含んだ楽しくも切ない現代劇のコメディと、その振り幅にも呆れますが、三作品ともそれぞれ細かく言及したくなるほどの超がつく傑作です。

さらにそれ以前には、『悪党どもが多すぎる』という舞台も書かれていて、それも傑作という。

私は舞台演劇については門外漢で、劇団の方々にも失礼になるかもしれませんが、でもこのホンがアガってきたら信じられないくらい嬉しかったんじゃないんですかね。これ演《や》れるの？　と。それほど優れたクオリティのシナリオでした。失礼ついでにもう一つ、噂によると舞台の場でもあったそうですよ、出来上がりで「そういうことだったのか――！」となったという例のアレが。

以前に『不愉快犯』の解説で、映画作品においてきうち監督の演出意図や制作意図を、出来上がりを見てスタッフ・キャストが納得したというお話をしましたが、こちらの舞台でも、ホンの通りにやれば間違いないということを、初日の客の反応でキャストの方々がわかったという。

常々舞台は嫌いとおっしゃっていながら（舞台嫌いは公言してらっしゃるのでいいんですよね？）、手慣れた感じで書いてしまうのは、やはり舞台もモノ作りであり、客を楽しませるエンタメであることに他ならないからでしょう。

さて、きうち監督が本書を書き進めるにあたり、ずっと頭に描いていた場面についてですが、それは三章の最後に粒立てられるように置かれた、大勢の警察官が取り囲むパーキングビルに立て籠《こ》もった犯人の人質になるために、両手を挙げた菊島が大光量の投光器に照らされてゆっくりと吉祥寺の井ノ頭通りを渡るシーン。

きうち監督からお話を聞く前から印象に残っていた場面だったのですが、控えめに言って、鳥肌立ちましたね。

ここから予測不能の頭脳戦とアクションのクライマックスに突入します。魅力あふれるキャラクターたちで構成されたバッド・コップ・スクワッドの凄絶な一日を是非お楽しみください！

本書は二〇二二年十一月、弊社より単行本として刊行されました。

|著者| 木内一裕　1960年、福岡生まれ。'83年、『BE－BOP－HIGHSCHOOL』で漫画家デビュー。2004年、初の小説『藁の楯』を上梓。同書は'13年に映画化もされた。他の著書に『水の中の犬』『アウト＆アウト』『キッド』『デッドボール』『神様の贈り物』『喧嘩猿』『バードドッグ』『不愉快犯』『嘘ですけど、なにか？』『ドッグレース』『飛べないカラス』『小麦の法廷』『ブラックガード』（すべて講談社文庫）、『一万両の首』（講談社）がある。

バッド・コップ・スクワッド

木内一裕《きうちかずひろ》

講談社文庫

定価はカバーに
表示してあります

2024年11月15日第１刷発行

発行者――篠木和久
発行所――株式会社　講談社
東京都文京区音羽2-12-21　〒112-8001
電話　出版（03）5395-3510
　　　販売（03）5395-5817
　　　業務（03）5395-3615

KODANSHA

デザイン―菊地信義
本文データ制作―講談社デジタル製作
印刷―――株式会社KPSプロダクツ
製本―――株式会社国宝社

Printed in Japan

ISBN978-4-06-537329-3

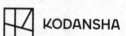

講談社文庫刊行の辞

二十一世紀の到来を目睫に望みながら、われわれはいま、人類史上かつて例を見ない巨大な転換期をむかえようとしている。

世界も、日本も、激動の予兆に対する期待とおののきを内に蔵して、未知の時代に歩み入ろうとしている。このときにあたり、創業の人野間清治の「ナショナル・エデュケイター」への志を現代に甦らせようと意図して、われわれはここに古今の文芸作品はいうまでもなく、ひろく人文・社会・自然の諸科学から東西の名著を網羅する、新しい綜合文庫の発刊を決意した。

激動の転換期はまた断絶の時代である。われわれは戦後二十五年間の出版文化のありかたへの深い反省をこめて、この断絶の時代にあえて人間的な持続を求めようとする。いたずらに浮薄な商業主義のあだ花を追い求めることなく、長期にわたって良書に生命をあたえようとつとめるところにしか、今後の出版文化の真の繁栄はあり得ないと信じるからである。

同時にわれわれはこの綜合文庫の刊行を通じて、人文・社会・自然の諸科学が、結局人間の学にほかならないことを立証しようと願っている。かつて知識とは、「汝自身を知る」ことにつきていた。現代社会の瑣末な情報の氾濫のなかから、力強い知識の源泉を掘り起し、技術文明のただなかに、生きた人間の姿を復活させること。それこそわれわれの切なる希求である。

われわれは権威に盲従せず、俗流に媚びることなく、渾然一体となって日本の「草の根」をかたちづくる若く新しい世代の人々に、心をこめてこの新しい綜合文庫をおくり届けたい。それは知識の泉であるとともに感受性のふるさとであり、もっとも有機的に組織され、社会に開かれた万人のための大学をめざしている。大方の支援と協力を衷心より切望してやまない。

一九七一年七月

野間省一

講談社文庫 最新刊

今村翔吾
イクサガミ 人
人外の強さを誇る侍たちが、島田宿《しまだ》で一堂に会し――。怒濤《どとう》の第三巻！〈文庫書下ろし〉

堂場瞬一
聖 刻
〈警視庁総合支援課0〉
なぜ、柿谷晶《かきやあきら》は捜査一課を離れたのか――刑事の決断を描く「総合支援課」誕生の物語！

青柳碧人
浜村渚の計算ノート 11さつめ
〈エッシャーランドでだまし絵を〉
エッシャーのだまし絵が現実に!? 落ち続ける滝で、渚と仲間が無限スプラッシュ！ 全4編。

一穂ミチ
うたかたモザイク
甘く刺激的、苦くてしょっぱくて、でも美味しい。人生の味わいを詰めこんだ17の物語。

佐野広実
誰かがこの町で
地域の同調圧力が生んだ悪意と悲劇の連鎖！江戸川乱歩賞作家が放つ緊迫のサスペンス。

真梨幸子
さっちゃんは、なぜ死んだのか？
私のなにがいけなかったんだろう？ ホームレス女性撲殺事件を契機に私の転落も加速する。

高田崇史
陽昇る国、伊勢
〈古事記異聞〉
御神《おみ》籤《くじ》注連縄《しめなわ》など伊勢神宮にない五つのもの。伊勢の神の正体とは!? 伊勢編開幕。

講談社文芸文庫

高橋源一郎
ゴヂラ
解説＝清水良典　年譜＝若杉美智子、編集部
なぜか石神井公園で同時多発的に異変が起きる。ここにいる「おれ」たちは奇妙なものに振り回される。そして、ついに世界の秘密を知っていることに気づくのだ！
たN6
978-4-06-537554-9

古井由吉
小説家の帰還　古井由吉対談集
解説＝鵜飼哲夫　年譜＝著者、編集部
長篇『楽天記』刊行と踵を接するように行われた、文芸評論家、詩人、解剖学者、小説家を相手に時に軽やかで時に重厚、多面的な語りが繰り広げられる対話六篇。
ふA16
978-4-06-537248-7

講談社文庫　目録

京極夏彦　分冊文庫版 狂骨《きょうこつ》の夢《ゆめ》(上)(中)(下)
京極夏彦　分冊文庫版 鉄鼠《てっそ》の檻《おり》 全四巻
京極夏彦　分冊文庫版 絡新婦《じょろうぐも》の理《ことわり》 全四巻
京極夏彦　分冊文庫版 塗仏《ぬりぼとけ》の宴《うたげ》 宴の支度《したく》(上)(中)(下)
京極夏彦　分冊文庫版 塗仏《ぬりぼとけ》の宴《うたげ》 宴の始末《しまつ》(上)(中)(下)
京極夏彦　分冊文庫版 陰摩羅鬼《おんもらき》の瑕《きず》(上)(中)(下)
京極夏彦　分冊文庫版 邪魅《じゃみ》の雫《しずく》(上)(中)(下)
京極夏彦　分冊文庫版 ルー=ガルー〈忌避すべき狼〉(上)(下)
京極夏彦　分冊文庫版 ルー=ガルー2〈インクブス×スクブス 相容れぬ夢魔〉(上)(下)
北森　鴻　親不孝通りラプソディー
北森　鴻　花の下にて春死なむ〈香菜里屋シリーズ1〈新装版〉〉
北森　鴻　桜　宵〈香菜里屋シリーズ2〈新装版〉〉
北森　鴻　螢　坂〈香菜里屋シリーズ3〈新装版〉〉
北森　鴻　香菜里屋を知っていますか〈香菜里屋シリーズ4〈新装版〉〉
北村　薫　盤　上　の　敵〈新装版〉
木内一裕　藁　の　楯
木内一裕　水　の　中　の　犬
木内一裕　アウト&アウト
木内一裕　キ　ッ　ド

木内一裕　デッドボール
木内一裕　神様の贈り物
木内一裕　喧　嘩　猿
木内一裕　バードドッグ
木内一裕　不　愉　快　犯
木内一裕　嘘ですけど、なにか?
木内一裕　ドッグレース
木内一裕　飛べないカラス
木内一裕　小　麦　の　法　廷
木内一裕　ブラックガード
北山猛邦　『クロック城』殺人事件
北山猛邦　『アリス・ミラー城』殺人事件
北山猛邦　私たちが星座を盗んだ理由
北山猛邦　さかさま少女のためのピアノソナタ
北　康利　白洲次郎 占領を背負った男(上)(下)
貴志祐介　新世界より(上)(中)(下)
岸本佐知子 編訳　変《ヘン》愛《アイ》小説集
岸本佐知子 編　変愛小説集 日本作家編
木原浩勝　文庫版 現世《うつしよ》怪談(一) 主人の帰り

木原浩勝　文庫版 現世怪談(二) 白刃の盾
木原浩勝　増補改訂版 もう一つの「バルス」〈―宮崎駿と『天空の城ラピュタ』の時代―〉
木原浩勝　増補改訂版 ふたりのトトロ〈―宮崎駿と『となりのトトロ』の時代―〉
喜国雅彦 国樹由香　メフィストの漫画
喜国雅彦 国樹由香　本　格　力〈本棚探偵のミステリ・ブックガイド〉
清武英利　石　つ　ぶ　て〈警視庁 二課刑事の残したもの〉
清武英利　し　ん　が　り〈山一證券 最後の12人〉
清武英利　ト　ッ　カ　イ〈不良債権特別回収部〉
喜多喜久　ビギナーズ・ラボ
岸見一郎　哲学人生問答
木下昌輝　つ　わ　も　の
黒岩重吾　新装版 古代史への旅
栗本　薫　新装版 ぼくらの時代
黒柳徹子　窓ぎわのトットちゃん 新組版
倉知　淳　新装版 星降り山荘の殺人
熊谷達也　浜　の　甚　兵　衛
熊谷達也　悼　み　の　海
倉阪鬼一郎　八　丁　堀　の　忍
倉阪鬼一郎　八　丁　堀　の　忍(二)〈大川端の死闘〉

講談社文庫　目録

2024年9月13日現在